liografische Informationen der Deutschen Nationalbibliothek:
Deutsche Nationalbibliothek verzeichnet diese Publikation in
Deutschen Nationalbibliografie. Detaillierte bibliografische Da-
im Internet über http://www.d-nb.de abrufbar.

pressum

on Krause, »Der Pilot – Ein Flug in die Vergangenheit«
w.edition-winterwork.de

z: edition winterwork
schlag: Egon Krause und edition winterwork
ck und Bindung: winterwork Borsdorf

N 978-3-96014-462-5

Egon Krause

Der Pilot
Ein Flug in die Vergangenhei

edition winterwork

Der Pilot
Ein Flug in die Vergangenheit

Egon Krause

edition winterwork

Ein Blick vom 13. Stock

Die Schichtbewölkung und die wenigen Cbs[1] erinnern mich an viele Flüge. War ich ein leidenschaftlicher Flieger? Ich meine nicht, eher nüchtern professionell. Werde ich es vermissen? Wahrscheinlich. 46 Jahre in Luft und Wolken. Hat mich die Romantik des Fliegens, „die Freiheit über den Wolken", „Flieger, grüß mir die Sonne", jemals begeistert? Ich kann sagen, eigentlich nicht. Für mich war es ein Unterwegssein von A nach B zu einem Zweck, meist an Zeit gebunden, in den letzten dreißig Jahren Single-IFR[2] mit all seinen professionellen Herausforderungen, CPL[3], IFR-Rating[4] mit den Checks, auf dem Laufenden, *current* zu sein, war eine mit dem Lauf der Zeit immer anspruchsvollere Aufgabe. Früher gab man einen Flugplan auf, als Beispiel für unsere „Rennstrecke" nach Korsika, mehr als 250 Mal über die Alpen. Hunderte Stunden über Wasser. Routing früher: RID[5] – A 9[6] – AJO (Korsika), heute 10 WPs[7] sinnvoll zur Kontrolle des Verkehrs. Die sichere Wettervoraussage nicht immer zutreffend. Die Ausrüstung, Sauerstoff für Hund und Mensch, Sprit-(Kalkulation) auch unter Berücksichtigung der Deviation, *life raft*, Schwimmwesten angelegt, die Mooney und Avionik in perfektem Zustand, wenn auch nur ein entbehrliches Gerät nicht funktionierte war ich betrübt, ein

---

1 *Cb: Cumulo nimbus*

2 *IFR: Instrument Flight Rules, ein Flug unter Instrumenten- Bedingungen.*
Single IFR: Während normalerweise neben dem Piloten ein Co-Pilot für die Führung des Flugzeugs nötig ist, gibt es Flugzeugtypen, bei denen der Flug allein mit einem Piloten erlaubt ist.

3 *CPL: Commercial Pilot Licence, Berufspilotenlizenz*

4 *IFR-Rating: Instrumentenflug-Berechtigung*

5 *RID = Kennung für ein VOR, stationäres Funkfeuer mit 360 Grad Einteilung*

6 *Name für einen festgelegten Airway bzw. Flugweg*

7 *Way-Point, festgelegter Punkt auf einer Flugroute*

Instrumenten-Abhängiger. Terrestrische Navigation war nie meine Sache. Selbst in der Jodel 150 hatte ich 2 VORs und flog Punkte nur durch Kreuzen der Standlinien an. Dann kam RNAV[8] mit KNS 80, schon war es einfacher und mit GPS perfekt. Ich muss sagen, er hatte recht, mein *instructor*, als er mir die Zertifikate für CPL und IFR mit der Bemerkung überreichte, ich sei nun kein Hobbypilot mehr, sondern professionell. Es führte zu weit alle Orte in Europa aufzuzählen, die wir angeflogen sind, sowohl VFR als auch IFR.

Einen Vorteil hatte die Jodel Mascaret: Eine Flugzeit von 9,5 h brachte uns Nonstop von Deutschland nach Korsika, Griechenland, Sardinien, Brindisi, Biggin-Hill, Paris und an viele andere Orte. VFR oder Sichtflug, bei der Reichweite der Jodel konnte uns nichts passieren.

Die *high-performance* Mooney war schneller, doch sie brachte uns nicht weiter. Im Folgenden berichtete ich über erinnerungswürdige Erlebnisse, wie sie sich im Verlauf von 46 Jahren Flugpraxis zwangsläufig ereignen.

Es sind nur wenige, die sich den Traum vom Fliegen erfüllen können. „Über den Wolken, in der Weite des Raumes, das Joch der Wirklichkeit hinter sich lassen." Dies war nicht mein Traum, ich wollte mir den Wunsch erfüllen, schnell von A nach B zu kommen. Nach 46 Jahren als Pilot in der Privatfliegerei, davon 30 Jahre Single IFR, kommt mir der Gedanke, einiges aufzuschreiben.

Die Idee zu fliegen kam wahrscheinlich aus dem Unterbewusstsein. Mehrere Ereignisse, an die ich bis heute nie wieder gedacht hatte, könnten es erklären. Es muss im Jahr 1935 gewesen sein, als ich mit

---

8 *KNS 0 Navigationsgerät, mit dem man Punkte auf der Karte mit Hilfe von Funkfeuern (VOR) und DME (Entfernungsangabe-Einrichtung zu einem VOR) festlegen und ansteuern konnte.*

meinem Onkel einer Flugschau auf dem Oberwiesenfeld in München zuschaute, ich kann mich an den Tiefdecker von Elly Beinhorn und die Curtis von Ernst Udet erinnern und ich bin im Tiefdecker von Frau Beinhorn mitgeflogen, Einbildung oder Wirklichkeit. Später, mit zehn Jahren, fiel mir ein kartoniertes Buch in die Hand, auf dem roten Umschlag zwei ovale Portraits: Max Immelmann und Oswald Boelcke. Die Jagdflieger im Ersten Weltkrieg. Ihre Beschreibungen des Luftkampfs, die zeichnerisch illustriert waren, beeindruckten mich.

In den Jahren nach dem Krieg bis 1956 gab es in Deutschland keine Möglichkeit, privat zu fliegen. Wie ich dann im Frühjahr 1963 auf den Gedanken kam, nach Unterwössen zu fahren und dort in der DASSU in ein Segelflugzeug zu steigen, kann ich nicht ergründen. Mit Herrn Heintze, dem Schulleiter, drehte ich eine Runde auf einer K7.

Ich entschloss mich, trotz eines Loopings und mehrerer Steilkurven, das Fliegen zu erlernen. Es waren Starts mit Hilfe einer Winde. Der Rückholwagen des Seiles, man fuhr einen alten VW-Bus ohne Bremsen, musste vor einem Wassergraben durch Wenden zum Stillstand gebracht werden. Den Graben zu überqueren war notwendig, denn der Haken lag auf der anderen Seite im Morast. Gummistiefel waren nötig, damit man die Aufgabe sauber lösen konnte. Die gesamte Mannschaft war so eingeteilt, dass alles klappte. Ein alter „Storch" als Schleppmaschine war auch da, der hinten noch den MG-Stand hatte.

Sechzig Starts und Landungen, Platzrunden von vier bis sieben Minuten Dauer zur Vorbereitung auf die A-Prüfung, die ersten drei Alleinflüge mit der K8 und die Prüfung war bestanden: Kreisflüge mit Querneigung von 30 bis 45 Grad, dabei Kurvenwechsel, Schnellflug, Seitengleitflug, hochangesetzter und niedrig angesetzter Landeanflug. Neun Alleinübungsflüge, anschließend Vorbereitung auf die B-Prüfung. Es gab nur wenige Instrumente im Flugzeug, Geschwindigkeitsmesser, Höhenmesser, Kompass, Variometer und einen Faden vor mir, der den Wendezeiger ersetzte. Das Wichtigste, was man mit der Zeit zu schätzen lernte, war das Gefühl im Hinterteil auf dem Sperrholzsitz, das alle Änderungen der Fluglagen spürbar machte, oder auch das Gefühl in den Händen, wenn der Knüppel bei Bewegungen weich wurde. Ein Sprechfunkgerät war auch nicht vorhanden, keiner konnte einem etwas befehlen, zum Beispiel zu landen, wenn man gerade Aufwind hatte.

Am 4-9-1963 gelang mir ein Flug von 5 h 10 min bei der ersten Freigabe am Haushang. Es hatte sich für mich nichts von Bedeutung ereignet, die Platzrunde war einfach einzuteilen, Queranflug bis zur Tiroler Achen, Down-Wind, je nach Höhen, eindrehen in *base* und schon war man wieder mit Slip oder mehr oder weniger Landeklappen an der Schwelle. Seilrisse wurden geübt, es traf mich zwei Mal, ich war immer darauf bedacht, dass ich nicht zu steil am Seil hing. Zuweilen sehe ich heute beim Windenstart, wie steil einige daran hängen, und ich möchte ihnen zurufen: So nicht. Die fünf Stunden am Haushang waren schon eine kleine Herausforderung, denn es waren weitere fünf Segler oder mehr am Hang, die auch die besten Aufwinde nutzen wollten, man lernte auszuweichen und die nötige dauernde Aufmerksamkeit üben. Wenn der Hang abkühlte, musste man schnell übers Tal, um den von den Bergen kommenden Wind zu nutzen, damit man noch oben bleiben konnte. An welche Gefühle erinnere ich mich noch? Vielleicht an das Ausklinken beim ersten Alleinflug, nach dem das Rauschen, verursacht durch den steilen Anstellwinkel, plötzlich einer Stille wich, die wie eine Befreiung wirkte. Zum Wilden Kaiser bin ich nie gekommen. Damit war meine Segelflugzeit mit 14 h 37 min beendet.

Mir wurde klar, dass meine Absicht, von A nach B zu fliegen, damit nicht zu realisieren und ein Umsteigen auf den Motorflug notwendig war.

Am 30-5-1963 begann bereits mein Training in Egelsbach auf einer L4, Piper Cub, mit einem Continental 0-170-3 Motor und 65 PS. 119 Trainingsflüge und 11 h in der Luft, man kann daraus ersehen, dass ich nicht besonders talentiert bin, dabei ist es doch so einfach: den Knüppel nach rechts, das Flugzeug geht nach rechts, nach vorn, die Nase geht nach unten, nach hinten, die Nase geht nach oben, wenn die Kugel des Wendezeigers nach links geht, linkes Seitenruder treten und umgekehrt, alle Bewegungen in kleiner Dosierung ausführen, Geschwindigkeit einhalten, das Wichtigste siehe Handbuch.

Die Geschwindigkeit muss man beachten, bei jedem Flugzeugtyp verschieden: Beim Abheben, beim Steigen unter der Manövriergeschwindigkeit bleiben, auf der Strecke und in Kurven über der Stallgeschwindigkeit und beim Landeanflug Landegeschwindigkeit ein Drittel mehr als Stallgeschwindigkeit, besser noch 5 Knoten mehr, das war es.

Mein Prinzip blieb es, einen relativ steilen Anflug auf die Landebahn auszuführen, sicher nicht einfach bei der Landung auf kurzen Plätzen, aber sicherer. Ich machte meinen ersten Alleinflug. Nach 19 h 50 min hatte ich den praktischen Teil des PPL in der Tasche. Die Instrumentierung war karg, allerdings gab es zusätzlich einen Wendezeiger, Radio und die Anzeige der Motorleistung. Eine Hürde war noch mit der Theorie zu überwinden gewesen, ich musste sie wiederholen, meine Kursberechnung war zu ungenau für den „Schulmeister", der uns – mich und meinen Leidensgenossen, einen Rolls-Royce-Fahrer – das Dreieck nochmals berechnen ließ. Mein Ziel war erreicht, ich konnte und durfte nun von A nach B fliegen.

Es waren zunächst nur relativ kurze Strecken. Auf diesen Flügen gab es einige wenige bemerkenswerte Ereignisse. Die L4 hatte noch 30 cm längere Flächen als normal und es war möglich, bei Leerlauf unter einer Kumuluswolke zu steigen. Bei starkem Gegenwind kam man kaum voran, so dass ich einmal nur mit knapper Not den Platz erreichte. Über dem Platz war der Wind offensichtlich noch stärker und so landete ich mit *full power* wie ein Hubschrauber auf der Stelle, dann stand der Motor still, ich hatte das Gas vor lauter Schreck herausgenommen. Die Cub besaß keinen Anlasser und ich schob die Maschine von der Landebahn, damals noch Gras. Das Rollen musste sonst in Schlangenlinien erfolgen, da die Sicht nach vorn behindert war, vom hinteren Sitz aus, es waren Tandemsitze.

Ich hatte nichts Gemeinsames mit Ikarus, der, jauchzend immer höher gestiegen, zwischen oder über den Wolken der Erde entkommen war. Er ist auch hinuntergefallen. Es ist beim Fliegen gefährlich, sich Gefühlen hinzugeben, sein Vater Dädalus hatte ihn gewarnt. Der war ein kluger Mann, er hatte an den Zweck des Fliegens gedacht, nämlich von A nach B zu kommen. In seinem Fall mit seinem Sohn dem König Minos zu entfliehen.

Dädalus hatte dem König zwar das Labyrinth gebaut, an dessen Ende der menschenfressende Minotaurus eingesperrt war, aber zuvor auch die Kuhattrappe, in der sich Pasiphae, die Frau des Königs Minos, versteckte, um sich von einem wirklichen Stier schwängern zu lassen und daraufhin den Minotaurus gebar. Auch hatte er der Tochter des Minos, Ariadne, verraten, wie man mithilfe von Garn aus dem Labyrinth herausfindet, wodurch es Theseus gelang, aus dem Labyrinth wieder ins Freie zu gelangen, nachdem er den Minotaurus getötet hatte.

Ob Theseus mit Ariadne auf dem Platz, den Daedalus gebaut hatte, auch getanzt hat? Jedenfalls hat er sich nicht lange mit ihr gefreut. Ein fröhlicher Gott nahm sie ihm weg.

Mit einem größeren Flieger, einer 720 B, ging es von A (Frankfurt am Main) nach B (Kalkutta) aus Gründen, die nichts mit der Fliegerei zu tun hatten.

In Kalkutta angekommen flog ich weiter in einer DC3 mit Doppelsternmotoren mit je 1200 PS, einem amerikanischen „Zwilling" der JU 52, wie sie mit Spornrad, nach Rourkela, ein angenehmes, mir vertrautes Brummen in den Ohren.

Irgendwie fehlte mir dann in den Jahren dort etwas.

Es gab dort keine Möglichkeiten, ein Flugzeug zu chartern, nur ein staatliches Trainingsinstitut in Behala, Kalkutta, bot mir die Gelegenheit, mit der Pushpak, VT-DQR, einem Lizenzbau der Aeronca mit Sitzen nebeneinander aus indischer Produktion, 90 PS, über der Bay of Bengal und der näheren Umgebung zu fliegen.

Um zu fliegen, musste ich mit der DC 3 nach Kalkutta und dort einige Tage bleiben. Die Hotels Great Eastern oder Oberoi waren für mich zu kostspielig und so fand ich eine Art Motel, man bekam den Schlüssel, das Zimmer war von außen zugänglich und ich war unabhängig. Am besten man zog Kleider an, die augenscheinlich in Indien hergestellt waren, *chapals* an den Füßen, so entging man den ewig bettelnden Kindern und Frauen und konnte sich unbeobachtet bewegen. Einen Europäer erkannten sie sofort und es wurden ihm Angebote gemacht, die einen schon reizen konnten.

Zuerst musste ich mit den zwei in Behala stationierten Captains Das und Chowdri fliegen, zwei typischen Bengalen, die Maschine an sich war so gutmütig wie die L4, sie war präziser zu trimmen mit einer Kurbel über der Windschutzscheibe. Da es mir nicht möglich war, so oft wie ich eigentlich wollte, zu fliegen, musste ich mich mit dem Anblick der segelnden Geier begnügen, die unter den fetten Kumuluswolken kreisten.

Ich überlegte, ob es nicht möglich wäre, wenigstens ein Segelflugzeug zu importieren, doch mein zeitlich limitierter Aufenthalt und die fehlende Infrastruktur ließen mich den Plan verwerfen. Meine Arbeit, die mit dem Fliegen nichts zu tun hatte, nahm mich die meiste Zeit in Anspruch.

Eine Abfindung, die ich wegen vorzeitiger Lösung meines Vertrags bekam, benutzte ich dann, zurück in Deutschland, um mein erstes Flugzeug, eine D150 Mascaret, zu kaufen.

Ich hatte mich vorher kundig gemacht und diese Maschine ausgesucht, denn ich wollte lange Strecken fliegen. Neuneinhalb Stunden

Höchstflugdauer war mit anderen Typen nicht erreichbar. Eine weitere Überlegung war, eine Maschine mit einer stabilen Konstruktion zu kaufen. Die Mascaret hatte einen durchgehenden Kastenholm, der die Tragflächen trug. Sie war bedingt kunstflugtauglich.

Ehe ich meine Jodel in Empfang nahm, habe ich in EDRE (später EDFE)[9] verschiedene Typen geflogen: eine Piper Colt mit Bugradfahrwerk, 108 PS, ich erinnere mich, ohne Landeklappen, sie hatte kurze Tragflächen und schien schnell zu sinken, mir nicht so sympathisch, die Piper Cub war mir lieber. Anschließend flog ich eine Cherokee, 180 PS, mit dem etwas ruppigeren Motor, wie auch eine Colt, Typ Lycoming. Die insgesamt ungefähr dreißig Flugstunden, wenn nicht mehr, habe ich nicht im Logbuch eingetragen.

Meine nur mäßige Fähigkeit, mich von oben im Gelände zu orientieren, war mir schon immer bewusst. Jetzt wurde sie mir beinahe zum Verhängnis. Bevor ich nach Indien ging, war es einfach, Egelsbach aus der Luft zu finden, wenn auch eine Graspiste, auf der nur kleine Pylone sie kennzeichnen, immer schlechter zu entdecken ist als eine mit Asphaltdecke. Man bog von Süden kommend nach Osten, wenn der Belag der Autobahn von schwarz auf hell wechselte oder man die Tankstelle erreichte. Ich kehrte von meinem Flug von Süden zurück und flog wie immer über der Autobahn nach Norden. Plötzlich kam sie mir jedoch etwas fremd vor, ich musste doch schon längst an der Stelle sein, an der ich nach Osten abbiegen sollte. Ich erinnerte mich, dass Eisenbahngleise immer gute Auffanglinien waren und auf Bahnhöfen immer der Stationsname stand. Runter und gucken. Was stand da: Rüsselsheim. Es war in der Zwischenzeit eine neue Autobahn gebaut worden. Wäre ich dem Kompass gefolgt, wäre es nicht passiert. Das lehrte mich, mehr auf Instrumente zu achten als auf das Gelände.

---

9 *Flugplatz Frankfurt-Egelsbach*

Es war mir eine Lehre, die ich so verinnerlichte, dass ich später meine Maschinen so ausrüstete – anfangs zum Beispiel mit zwei VORs –, um den Zielpunkt immer durch Cross-Peilung zu erreichen. Dies war der Beginn meiner Obsession, nach Instrumenten zu fliegen.

Technische Daten und Leistungsangaben

Jodel D 150 Rapid
Spannweite: 8,15 m
Länge. 6,3o m
Höhe: 1,76 m
Flügelfläche: 13,10 m^2
Leergewicht mit normal Ausrüstung: 410 kg
Zuladung: 310 Kg
Höchstzulässiges Fluggewicht: 720 kg
Flächenbelastung: 55 $kg/^2$
Reisegeschwindigkeit:
bei 75 % Leistung in NN: 210 km/h
bei 75 % in 2000m: 230 km/h
bei 55%: 200 km/h
bei 55%: 2040 km/h
Höchstgeschwindigkeit in NN: 240 km/h
Höchstzulässige Geschwindigkeit: 280 km/h
Aufsetzgeschwindigkeit: 70 km/h
Steiggeschwindigkeit: 2,5 m/sec
Dienstgipfelhöhe: 4500 m
Reichweite bei 75 % Leistung in 2000 m: 1790
Flugdauer ca. 9,5 Stunden!
Startstrecke: 260 m
Landestrecke mit Bremsen: 120 m
Kraftstoffvorrat: 187 l

Kraftstoffverbrauch:
bei 75 %: 26,8 l/Std.
bei 55 %: 19,7 l/Std.

Am 20-5-67 holte ich meine Jodel D150 Mascaret in Baden-Baden ab. Mit Herrn Nitzsche, dem Generalvertreter von Avions Robin, absolvierte ich sieben Landungen und flog nach Egelsbach. Der Preis: 35.000 DM. Bemerkenswert ist, dass das „Flugfunksprechgerät“ zusätzlich 7.350 DM kostete, ein VOR 4.200 DM und die Hörsprechgarnitur 405 DM. Nicht viel später kamen ein zweites VOR, ein ADF[10], ein mit Venturi-Rohr getriebener Horizont und ein zweiter Höhenmesser dazu, sodass mein Instrumententraum erfüllt war. Die IFR-(*Instrument Flight Rules*)-Ausrüstung war mir in vielen Situationen, selbst bei VMC (*Visual Meterological Condition*) unentbehrlich, denn jeder Pilot weiß, wie schnell man in IMC (*Instrument Meteorological Condition*) gerät, wenn man es auch vermeiden will, es ist ein Märchen, dies zu bestreiten. Der Continental-Motor neigte bei voller Belastung und kontinuierlichem Steigen dazu zu überhitzen, ein zusätzlicher Ölkühler musste eingebaut werden.

Beim Chartern von Maschinen brauchte ich mir bisher keine Gedanken über die Instandhaltung machen. Jetzt musste ich mich um alles kümmern. Die 50-Stunden-Kontrolle, die 100-Stunden-Kontrolle, vor jedem Abflug ein Außencheck und innen die Überprüfung der Funktion aller Instrumente und Ruder, nach der Landung das Ausschalten der Elektrik – alles wurde Routine.

Die Vergaser-Vorwärmung war zu prüfen, der Motor wurde leiser. Vor allem bei kälteren Temperaturen und im Landeanflug aus größerer Höhe war sie bei Vergasermotoren sehr wichtig. Vergaß man

10 ADF Automatic Direction Finder, Funkfeuer ohne 360-Grad-Einteilung

sie einmal in der entsprechenden Situation, so stotterte der Motor, beim ersten Stotterer konnte man die Vereisung des Vergasers noch vermeiden, wenn man sie schnell zog. Bei Einspritzmotoren war dies nicht mehr nötig.

Mein nächster Flug führte fünf Tage später nach Kassel, damals noch Waldau, der alte Fieseler-Platz mit Graspiste. Hin etwas länger, 70 min, zurück dann nach Egelsbach kürzer, 57 min. Einige Platzrunden dort zur Landeübung.

Seit dieser Zeit filmten wir unsere Flüge mit einer Camex 8 mm Kamera. Wir dokumentierten alles. Im Nachhinein ist am auffälligsten, wie wenig Menschen sich an den bekanntesten Orten befanden, die wir besuchten. Ein Vorteil, den es heute nicht mehr gibt.

Schon am 16-6-67 flog ich von Egelsbach nach Samaden, allein. Es gab schönes Wetter in Europa, genaue Daten, wie es in den Alpen war, hatte ich jedoch nicht – wie das Wetter war auch ich blauäugig. Ein Flugplan war einfach zu erstellen. Heute erscheint mir es etwas kühn, mit so wenig Überlanderfahrung mit einem neuen Flugzeugtyp nach drei Wochen in die Alpen zu fliegen.

Ich machte natürlich einen Plan, direkt Zürich Ost VOR, mit der Navigationshilfe kam ich dort ohne Umwege an. Solo ohne Autopilot richtig nach Karte zu fliegen, die Höhen beachten, Verbots-und Beschränkungszonen umgehen, das Flugzeug zu fliegen, beschäftigt einen zuweilen so, dass man doch nicht sicher ist, wo man sich im Moment befindet. So meinte ich in Chur zu sein, war aber noch in Ragaz. Die Gipfel der Berge waren 9.500 ft hoch, ich hatte die

Idee, so hoch zu fliegen wie möglich, und stieg auf 10.500 ft, was mir ohne weiteres gelang, ich war noch nie so hoch, aber anstatt dass es mir Angst bereitete, fühlte ich mich aus dem Gefängnis der Berge befreit. Da sah ich im Westen den Walensee und wusste wieder, wo ich war. Weiter in Richtung Süden kam ich nach Chur. Nun aber in welches Tal einfliegen, um über den Maloja zu kommen? Wieder war ich am Ende meines Lateins. Ein bisschen gekurvt und ich entschied mich nach der Karte, in das nach Süden gehende Tal einzufliegen. Die Übersicht war infolge meiner Höhe gut und bald sah ich die Silvaplana-Seen, den kleinen See bei St. Moritz und dann Samaden.

Ich hatte erfahren, dass die Jodel diese Höhe spielend erreichte und auch ein Start in der Höhe von Samaden keine so lange Strecke benötigte. Ich flog die Strecke hin und zurück noch drei Mal, wenn man sie kennt, gibt es keine Schwierigkeiten. Von dort aus ging es leicht nach Innsbruck, den Inn entlang.

Später kam mir die Streckenkenntnis zugute, um es vorwegzunehmen: Meine Frau und ich waren auf dem Rückflug von Bari, Süditalien, nach Hause, VFR über die Alpen. Die Italiener hatten nur einen Luftraum in der Mailänder Tiefebene VFR nicht höher als 1.500 ft freigegeben, es war so und so nicht möglich, mit einer kleinen Maschine danach die erforderliche Höhe über den Alpenkamm ohne Kurven zu erreichen, es sei denn, man richtete sich nicht danach und stellte das Radio ab.

Ich stieg höher, aber die Wolken waren noch höher, ich war schon weiter als sonst nach Osten geflogen, dort schienen noch Lücken zu sein. Es war ein Irrtum. Den Comer See unter uns, fiel mir dann ein, am nordöstlichen Zipfel entlang der Mera nach Samaden zu kommen. Aber es gelang mir nicht, im Tal fliegend die so wichtige Höhe zu erreichen, die Abwinde waren nördlich im Tal zu stark.

Meine Erfahrung im Segelflug half mir: Abwinde von der nördlichen Seite mussten zu Aufwinden der Südabhänge führen und plötzlich stiegen wir auf 10.500 ft und hatten eine gute Übersicht. Unsere alte Route über den Majola war mir bekannt. Doch eine Überraschung folgte, wir befanden uns auf der Alpennordseite über den Wolken. Zum Glück fanden wir genau über dem Bodensee eine Wolkenlücke und ich sank in Spiralen bis unter die Wolkendecke zum Weiterflug.

Wie ich mich jetzt erinnere, hatte sich dies, als ich allein flog, schon einmal ereignet, damals fand ich keine Lücke. Ich musste wohl oder übel durch die Wolken und hatte keinerlei Erfahrung, in Wolken zu fliegen. Ich trimmte die Maschine so, dass eine gleichbleibende Geschwindigkeit beim Sinken gehalten wurde, drosselte den Motor und tauchte durch die Wolken ohne Kurswechsel. Die Jodel war mit ihren Knickflügeln so stabil, dass keine Korrekturen notwendig waren.

Das waren meine ersten Erfahrungen in den Alpen, die wir später mehr als 250 Mal überquerten.

Wir flogen meist kleinere Strecken in Deutschland ohne Besonderheiten, das nächste Mal am 17-6-68 wieder einen längeren Flug nach Zell am See, 13 Uhr 43 bis 16 Uhr 41. Wie ich später erfuhr, war es den Anwohnern am See nicht recht, wenn man vom See her anflog, unverständlich. Den Flug wiederholten wir noch drei Mal. Bemerkenswert waren Flüge im Bereich des Großglockners, in denen ich die Höhenleistung der Jodel testete. 4.500 m war die höchst erreichte Höhe, wegen Nasenbluten meiner Begleiterin stieg ich nicht höher. Auf diesen Flügen nach Zell waren Purzel, ein Spaniel und Alf, ein Teckel auf der Gepäckablage hinter uns mit dabei, wie im Übrigen bei vielen Flügen innerhalb Deutschlands, die ich, wenn sie ohne Bemerkenswertes verliefen, nicht erwähne.

Um Paris kennenzulernen, landeten wir im Mai 1969 in Toussus-le-Noble, 4 h nach dem Start in Egelsbach. Von Versailles kommt man schnell nach Paris. Wie üblich wurden die in einem Reiseführer üblichen Orte besucht. Wie auch später sollen hier nur wenige Begebenheiten berichtet werden, vieles wurde mit unserer Kamera aufgenommen, natürlich auch aus der Luft.

Von dort ging es nach London, Biggin Hill, 2 h 24 min. In London besuchten wir alte Bekannte. Der Flug VFR von Cap Gris Nez ist obligat, um den Kanal zu überqueren. Es war dunstig und man sah die Kreidefelsen nicht. Erstmals niedrig über Wasser, ein unangenehmes Gefühl, immer darauf achten zu müssen, wie sich der Motor anhört, keine Änderung von Power oder anderen Einstellungen vornehmen. Doch dann erschien die englische Küste.

Wie viel hundert Stunden bei Flügen über Wasser sollte sich dies für uns später wiederholen! 113 h und 19 min war der Continental-Motor bisher gelaufen, normalerweise fällt ein Motor selten aus, nach dem Motto: Er weiß ja nicht, dass er sich über Wasser befindet.

In London das übliche Sightseeing-Programm. Tower, National Gallery, Tate Art Gallery, Madame Tussauds. Von Biggin Hill dauerte es dann 4 h 20 min zurück nach Egelsbach.

So flogen wir in Deutschland viele Flugplätze an, meist kleine, jedoch unter anderem auch Hamburg und München.

Zwei Ereignisse sind mir dabei noch in Erinnerung.

In Hamburg war ich wohl zu dicht hinter einem startenden Jet im Landeanflug, als mich die Wake-Turbulenz kurz vor der Bahn so in Querlagen brachte, dass ich quer zur Piste landen musste und auf eine Begrenzungslampe zusteuerte, sie überfuhr und dabei zwischen meine Fahrwerkräder nahm. Durch das mittig sitzende Spornrad wäre sie sicher beschädigt worden, hätte ich nicht mit einem kräftigen Druck auf das Seitenruder das Heck seitlich davon herumgeschleudert. Mir ist heute noch nicht klar, wie mir dies gelang. Der Tower fragte mich, ob ich von der Piste abgekommen sei, was ich verneinte.

In München war ich im Landeanflug auf die feste Piste, als mich der Tower anwies, auf der Grasbahn zu landen. Erst im letzten Moment sah ich diese von Pylonen begrenzte Grasbahn und nur mit einer Schräglage von 80 Grad konnte ich sie erreichen. Dokumentiert ist dies durch ein Bild unseres Freundes, der den Anflug fotografierte. Fazit: Glück muss man haben, damit einem etwas gelingt.

Auch bei mittleren Entfernungen sollte man volltanken. Es lohnt sich auch, vorher in einer Platzrunde alles zu prüfen: Radio, Instrumente, Klappen, Höhenmesser und Motorleistung.

Die Entfernungen, die wir mit der Rapid zurücklegten wurden immer größer. Im August 1969 flogen wir über Florenz nach Alghero auf Sardinien. Wie so oft faszinierten mich dort die Nuraghen, bronzezeitliche Türme aus Zyklopen-Natursteinen mit einem Eingang, der mich an die steinzeitlichen Reste der Kult- oder Wohnstätte aus der Jungsteinzeit in Filitosa auf Korsika erinnerten.

Egelsbach – Florenz 7 h, wir umgingen die Alpen, wie so oft bei ungünstigem Wetter im Westen und kamen in der Dunkelheit dort an. Nur mit Hilfe des VOR fand ich die Lichter der Piste, kurz hinter einer belebten Straße mit Autos, die schon mit ihren Scheinwerfern die Straße beleuchteten. Etwas besorgt war ich doch und erleichtert, als ich die Bahn sah. In Florenz waren es die vielen Sehenswürdigkeiten, die wir bewunderten, natürlich mit unzähligen Fotos belegt.

Von Florenz flogen wir weiter nach Sardinien, übers Meer, wir waren froh als wir die Ostküste von Korsika erreichten, an ihr entlang, immer Land in Sicht, bis wir nach 2 h 45 min in Alghero landeten. Schwimmwesten trugen wir bei Flügen über das Meer immer, man könnte sie sonst wahrscheinlich in einer Notsituation während des Fluges nicht mehr anlegen. In einem Hotel, Las Tronas, direkt am Meer an einer Felsenküste, konnten wir uns gut ausruhen.

Am 17-9-69 brauchten wir 6 h 25 min direkt über die Alpen nach Egelsbach. Außer der späten Landung in Florenz gab es auf dieser Reise keine Besonderheiten. Bei all diesen Flügen hatten wir keine zuverlässigen Wetterberichte und mussten zuweilen kleine Kursabweichungen fliegen.

Bei VFR-Flügen sind eigentlich keine Voraussagen nötig, entweder kommt man auf Umwegen zum Ziel oder man dreht um. Bei einer Reichweite von neuneinhalb Stunden Flugdauer mit einer Tankfüllung kann man sich viele Umwege leisten, eine unschätzbare Beruhigung.

Als Besitzer eines Flugzeugs ist man für die volle Funktionsfähigkeit der Maschine und damit für ihre Sicherheit verantwortlich, eine beachtliche Aufgabe. Die Inspektionen überlässt man den zuständigen Werkstätten, denen man vertraut. Nach dem Abholen ist zu empfehlen einen Testflug auszuführen. Schon bei der äußeren Inspektion kann man Beschädigungen entdecken. Landelicht, Positionslichter.

Radios, Navigationsinstrumente sollte man ebenfalls kontrollieren, wie auch die Funktion der Ruder. Ölstand und Benzin gehören zur Checkliste, die ich später noch im Detail ausführe.

Eine Flugplan - die Aufgabe zu dieser Zeit war einfach.

VFR, Abflugort, Route mit wenigen Wegpunkten (VOR oder andere), Zielort, Flugzeit.

Über das Wetter konnte man beim Meteo beraten werden, Prognosen waren bei langen Strecken unsicher.

Das Wichtigste: Kartenmaterial, international. Es gibt ONC-Karten im Maßstab 1.500000 oder ICAO-Karten, Maßstab 1:1000000.[11] Die laminierten Karten wurden aneinandergeklebt und der gewünschte Kurs rot eingezeichnet. Ich habe sie herausgcholt und gesehen, welche Routen und wie oft wir VFR Italien, Griechenland und Korsika angeflogen haben. Wichtig war die Höhe der Berge und als Navigationshilfe ein VOR. Mit der D-EFFM, der Jodel, kalkulierte ich eine Durchschnittsgeschwindigkeit von 180 km/h. Die Strecke wurde z. B. in 30-km-Abständen markiert, also jeweils ca.10 min Flugzeit, und ein Kurswechsel in Grad angezeigt. Radarkontrollen wurden während des Fluges meist vom Militär ausgeführt, man bekam als Pilot darüber keine Informationen. Die Funkverbindung war oft unterbrochen, aber in der Nähe von Flugplätzen immer vorhanden. Es gab bei den großen Plätzen markante Pflichtmeldepunkte am Boden, da hatte ich meine Schwächen, mit den zwei VORs konnte man sie leicht orten, zwei Radiale, die sich schnitten, der Punkt war leicht

11 *ONC = Operational Navigation Chart, die Serie von über 200 kleinmaßstäbigen Luftfahrtkarten deckt die ganze Erde ab; ICAO-Karten = Luftfahrtkarten, die nach den Richtlinien der International Civil Aviation Organisation (ICAO) gestaltet sind.*

zu finden, meine ADF-Anzeige war nicht immer sicher wegen der Composite-Konstruktion der Maschine (Kunststoff, Holz, Segeltuchbespannung). Ohne Autopiloten war man selbst bei Flugzeiten von 7 Stunden immer am Steuerknüppel, um Kurs und Höhe zu halten, dazu bei Hindernissen einen Umweg zu finden oder hohe Wolken zu vermeiden. Mir hat dies offensichtlich nicht viel Anstrengung bereitet. Eine Erleichterung war es auch, wenn man richtig trimmte, die Jodel war leicht auf Kurs zu halten.

Im August 1970 brachte uns ein langer Direktflug von Egelsbach nonstop in 7 Stunden über die Alpen nach Brindisi, sozusagen am „Absatz“ von Italien gelegen.

Man verweigerte uns die Landung, weil eine Übung von Militärflugzeugen im Gange war. Ich bestand auf meinem Flugplan, es gab keine Antwort, ich wies darauf hin, dass ich nicht genug Benzin hatte, um zu einem Ausweichplatz zu gelangen. Keine Antwort. Ich beobachtete dann die Flug-Manöver der Thunderbolt-ähnlichen Maschinen und in einer Pause landete ich. Zu meiner Überraschung gab es keine Beschwerde.

Wie üblich liehen wir uns ein Auto, um nach Lecce zu unserem Freund Michele zu fahren. Ich erfuhr später, dass schon einmal eine Jodel gezwungen war, außerhalb des Flugplatzes zu landen, weil man ihr die Landung verweigert hatte.

Zum Rückflug im September mussten wir in Bari tanken. Es war das teuerste Benzin, das ich je bekam. Es war ein Sonntag, der Tankwart musste geholt werden und auch das Benzin musste erst von ich weiß nicht woher herangebracht werden. Wegen des schlechten Wetters über den Alpen landeten wir in Mailand-Linate auf dem kleinen Strip neben der großen Landebahn. Auch hier lohnte es sich, alles Mögliche anzusehen. Zwei Tage später, nach drei Stunden Flugzeit, kamen wir wieder in Egelsbach an.

Der einzige Flug nach Norden führte uns nach Aarhus zu einem Kongress. Flugzeit 4 h ohne Besonderheiten. Auf dem Rückflug mussten wir wegen des Zolls in Flensburg zwischenlanden und machten danach noch einen Besuch in Hamburg, ehe wir in 3 h nach Egelsbach zurückkamen.

Für 4 Tage ging es dann nach Toussus-le-Noble, Juli 1971, nahe Versailles, 2 h 40 min Flugzeit. Man braucht nicht zu betonen, dass Paris nicht nur eine Messe, sondern auch eine Reise wert ist. Wir hatten bisher keine Probleme, weder wettermäßig noch navigatorisch. Ich schreibe es nur, um zu zeigen, welche Orte man alle mit der Jodel erreichen konnte.

Im September waren wir wieder einmal in Samaden, knapp 2 h 30 min Flug.

Es ist nicht nötig, alle Flüge zu kleineren Plätzen in Deutschland aufzuzählen, bis dahin hatte der Motor 275 Betriebsstunden.

20-8-72. Unsere Cousine lud uns nach Korsika ein, der Anruf erreichte uns, als wir bereits einen Flug nach Athen geplant hatten. Wir machten dann den kleinen Umweg über Ajaccio, 5 h über die Alpen. Zum ersten Mal über das Mittelmeer auf der vorgeschriebenen Route. Natürlich mit Schwimmwesten, obligatorisch, und einem Schlauchboot mit einem daran befestigten Zylinder zum Aufblasen, Marke Eigenbau.

Die korsische Westküste entlangfliegend, war es nicht schwer, Ajaccio zu finden. Aber den Flugplatz sahen wir nicht, beim Anflug war er in dichten Rauch gehüllt, aus dem immer wieder gelbe Flugzeuge herausschossen, ein roter Helikopter kam noch dazu. Weiträumig umflogen wir das Gebiet und konnten schließlich die Piste ausmachen, auf der wir dann, durch eine Lücke im Rauch, mit der üblichen Freigabe landeten.

Was war geschehen? Ein Waldbrand in der Nähe des Platzes hatte den Rauch verursacht und eine Canadair-Pélican war als Löschflugzeug im Einsatz. In den vielen Jahren danach in Korsika war es für uns keine Seltenheit mehr.

Nach der Erledigung der Zollformalitäten, typisch korsisch, ohne jede Kontrolle – „Wo wollen Sie denn hin?", „Nach Propriano.", „Dann *au revoir.*" –, landeten wir in Propriano, einem Grasplatz zwischen den Hügeln im Tal des Rizzanese.

Kaum gelandet, wurde uns bewusst, dies war die wunderbare Insel im Süden, die wir suchten. Da ahnten wir noch nicht, dass LFKO bis Ende 2009 gleichsam unser zweiter Heimatflugplatz werden sollte.

Die Überraschung mit unserem Besuch war natürlich gelungen. Wir kamen unverhofft zu einem Familienfest, wer Korsen kennt, kann sich davon ein Bild machen.

Zum Weiterflug mussten wir zuerst zurück nach Ajaccio zur Zollabfertigung und zum Tanken. 5 h dauerte der Flug über das adriatische Meer nach Korfu, wo wir übernachteten, um am nächsten Tag nach 2h 30 min in Athen zu landen.

Auf allen Routen, außer bei kleineren Strecken und Beschränkungen, flog ich in 10.500 ft und wenn möglich höher, um on top, das heißt, über den Wolken zu fliegen.

Wir fuhren auch auf den Peleponnes, Epidaurus mit der Münzenprobe, kein Mensch störte die Akustik. Mykene, aus dem Löwentor kam uns kein Tourist entgegen, die Zyklopenmauern und die Landschaft waren staunenswert.

Jeder kennt Athen mit den vielen Sehenswürdigkeiten. Am 29-8-72 flogen wir weiter nach Porto Heli auf dem Peloponnes, wieso wir dorthin wollten, weiß ich nicht mehr. Mir waren keine Daten des Platzes bekannt, es war der Vorschlag eines englischen Piloten in Athen, der mich neugierig gemacht hatte. Auf meiner Karte war der Platz nicht verzeichnet, doch auf einer griechischen Karte war er eingezeichnet, ich übertrug ihn auf meine Karte. Die Landerichtung war SE-SW. Ich weiß nicht mehr, ob die Länge des Platzes bekannt war, er muss nicht sehr lang gewesen sein, denn ich zweifelte, ob er für die Jodel ausreichte. Der Engländer meinte, am Ende sei ein Stück betoniert, auf dem man im Notfall stark bremsen könne, die Bahn selbst sei nicht befestigt.

In 40 min waren wir von Athen dort, ich überflog den Platz, um ihn zu besichtigen, die Landebahn endete auf jeder Seite mit einem Abhang über steilen Felsen, unmittelbar abfallend zum Meer. An einem Ende befand sich die beschriebene Betonplatte. Kein Haus, nicht einmal eine Hütte war zu sehen. Der Mast des Windsacks war leer. Da der Platz sich auf einem kleinen Vorsprung befand, konnte ich auch nicht annehmen, der Wind wehe, wie üblich am Meer, am Tag zum Land hin. Auch waren keine Bäume zu sehen, an deren Blättern man hätte sehen können, woher der Wind kam und ob er stark war. Ich landete so, dass ich am Ende auf der Betonplatte noch stark bremsen konnte, denn ob ich Rücken- oder Gegenwind hatte, wusste ich nicht. Am Anfang der Landebahn befand sich unmittelbar der Abhang und so traute ich mich nicht, psychologisch verständlich, flach anzufliegen. Ich bremste, sobald ich konnte. Die Mascaret, ein Spornrad-Flugzeug, hatte einen Bremshebel, der auf beide Haupträder wirkte, das Tempo nahm scheinbar nicht ab. Ich zog den Hebel ganz an, es tat sich immer noch nicht viel. Der Bodenbelag bestand zum Teil aus kleinen Kieseln, wie ich später sah. So schlidderte ich dahin, wurde doch schließlich langsamer und als ich mich der Betonplatte näherte, war ich beruhigt. Im letzten Augenblick sah ich aber, dass diese abgesetzt, etwas höher war, sie war so hoch, dass meine Radverkleidung beschädigt worden wäre. Mit kaum noch Geschwindigkeit zog ich die Maschine seitlich in das niedrige Buschwerk, es war kein Kratzer an der Maschine zu sehen.

Kein Mensch war da, wir verankerten die Maschine in einigem Abstand zur Landebahn und luden unser Gepäck aus. Erst viel später kam ein Mann, der uns ein Taxi schickte. Die Gegend war wie üblich in Griechenland reizvoll und bot einen Sandstrand. Mit einer Fähre konnte man südlich die Insel Spetses erreichen, alles wurde wie üblich von uns auf Film festgehalten.

Am 12-9-72 nach 2 h 45 min und einer Flughöhe über 10.000 ft, landeten wir wieder in Korfu, wir filmten dabei von oben Epidaurus und den Kanal von Korinth. Einen Tag später waren wir nach 6 h in Bologna, tankten dort nochmals und landeten nach 4 h 40 min in Egelsbach, 16 Uhr 40.

Nach kleineren Flügen starteten wir am 3-9-1973 in Egelsbach direkt nach Florenz, von 11 Uhr 35 bis 16 Uhr 10. Nachdem wir die

Stadt mit ihren Sehenswürdigkeiten erkundet hatten, traten wir den Weiterflug nach Korfu an, um dann weiter nach Kreta zu fliegen, 5 h 17 min. Mir sind bis hier keine Besonderheiten bei den Flügen in Erinnerung.

In Korfu angekommen, waren wir erstaunt, als man uns anwies, auf der Parkposition in der Maschine zu bleiben. Es kam ein Krankenwagen, mit dem wir, ohne irgendwelche Erklärung, in den Keller eines Krankenhauses gebracht wurden, in dem sich bereits eine große Anzahl von Reisenden befand, die man, wie uns, dort eingesperrt hatte. Einen Arzt, offensichtlich vom Militär, fragten wir dann, er sprach etwas Englisch, was das alles zu bedeuten habe.

In Florenz, erklärte er, sei die Cholera ausgebrochen und alle, die von dort kämen, würden vierzehn Tage in Quarantäne gehalten. Wir machten dem Doktor klar, selbst Ärzte zu sein und wenn wir bis jetzt keine Cholera hätten, könnten wir sie in diesem Gedränge im Keller sicher bekommen. Offensichtlich waren die meisten wohl aus Florenz mit dem Schiff gekommen. Unser Protest hatte Erfolg, so wurden wir in eine landwirtschaftliche Schule für Mädchen, die Ferien hatten, umgesiedelt. Dort befanden sich Engländer und Amerikaner, die mit dem Flugzeug zum Teil als Transitpassagiere aus Florenz gekommen waren. Die Schule war von einem hohen Zaun umgeben, das eiserne Tor am Eingang war verschlossen. Davor standen wohl schnell rekrutierte Zivilisten, die verhinderten, dass man sich der Mauer, die das Tor einfasste und die man übersteigen konnte, nicht näherte, tat man es, so wurde man bedroht. Die Zimmer hatten Stockbetten. Wir als einziges Ehepaar bekamen ein separates Zimmer. Seit dem Morgen hatten wir nichts gegessen und getrunken, erst am Abend bekamen wir als Verpflegung Brot, Eier und Tee. Die männliche Gesellschaft war recht lustig, sie hatten die Wächter bestochen, ihnen Whiskey und Gin zu besorgen. Der Doktor kam und wir erklärten ihm, dass wir nicht die Absicht hätten, vierzehn Tage unseres Urlaubs in Quarantäne zu verbringen.

Er fand eine kollegiale Lösung. Am nächsten Tag wurden wir geimpft, ein Schwesterchen kam mit dem Impfstoff und Einmalspritzen, einen Tag später kam eine Taxe, die uns zum Flugplatz brachte, unter Polizeischutz kamen wir an unser Flugzeug, ich rollte zum Tankplatz, ohne Bezahlung tankte ich voll. Wir hatten natürlich vorher schon überlegt, wohin wir fliegen konnten. Italien, unmöglich, Schweiz, da hätte man uns vielleicht auch in Quarantäne gesteckt, Korsika war bei der Lässigkeit der Beamten die beste Möglichkeit. So kamen wir nach einem Flug von 5 h 30 min wieder dort an.

Erneut waren wir von Korsika so begeistert, dass wir überlegten, vielleicht ein Stück Land zu erwerben, um im Anfang dort zelten zu können. Später bauten wir dort ein Haus, in dem wir uns bis heute wohlfühlen.

Viele weitere Flüge mit der Mascaret nach Spanien, Belgien, Frankreich, London, Schweiz und Süditalien folgten und jährlich meist zwei Mal, zuweilen drei Mal, nach Korsika, meist direkt über die Alpen, ohne dass mir schwierige Situationen in Erinnerung geblieben sind. Zelle und Motor hatten am 13-6-79 810 Stunden ohne Probleme überstanden.

Doch zwei besondere Flüge fallen mir noch ein.

Im April 1975 reiste ich zu einem Kongress in London und war schon bei diesigem Wetter in Egelsbach abgeflogen. Um über die Eifel zu kommen, stieg ich so hoch, dass ich noch den Wald unter mir sehen konnte, als plötzlich ein Schneesturm mir die Sicht versperrte. Um ihm auszuweichen, hätte ich eine 180-Grad-Wende fliegen müssen, doch wegen der Turbulenzen traute ich mich nicht, da ich noch nicht geübt genug war, nach dem durch ein Venturi-Rohr angetriebenen künstlichen Horizont zu steuern. Daher war im Geradeausflug die Fluglage sicherer zu halten als in einer Kurve. Auch über den Ardennen schneite es weiter, zuweilen sah ich den Boden, dann wieder nicht. Ich peilte das VOR Liège an und flog diesen Kurs. Der Schneefall ließ nach, doch die Sicht betrug nur noch geschätzt 1 Meile. Das VOR stand genau auf dem Flugplatz. Ich erkannte die Abraumhalden, flog über die Stadt und war plötzlich über dem Platz. Die Schicht war noch gesunken, ich meldete mich und nach einem kurzen Anflug landete ich. Ich konnte das Ende der Landebahn nicht sehen. Ich stellte die Jodel ab und befand mich vor der Halle des Fliegerclubs. Die Piloten wunderten sich, dass ich bei diesen Sichtverhältnissen angekommen war. Sie vermittelten mir ein Hotel, denn ich wollte am nächsten Tag weiter nach London. Das Wetter war nicht so gut, aber ich erreichte Biggin Hill ohne Schwierigkeiten. Der Rückflug war, wenn auch bei wieder eingeschränkter Sicht, machbar.

Noch eine kleine Episode

Ein Kollege von mir, der auch den Flugschein machte, bat mich, sein Dreieck mit mir vorher zu fliegen. Wir starteten in Egelsbach, flogen Richtung Karlsruhe. Auf halber Distanz fing es an zu schneien, der Schnee wurde immer dichter und obwohl ich mich natürlich gut auskannte, gab es nun ein kleines Problem, da die Landebahn in Egelsbach, sonst gut sichtbar, sich wegen des Schnees kaum noch von der Umgebung abhob. Nur der Konturunterschied zwischen dem Gras und dem Asphalt zeigte mir die Grenzen der Piste. Es gab kein Problem bei der Landung. Unsere Spur war allein im Schnee zu sehen.

Ein besonderer Flug war 1972 der in die Tschechoslowakei, sozusagen hinter den Eisernen Vorhang, für den ich erstaunlicherweise die Genehmigung erhielt. Auf einem Kongress sollte ich einen Vortrag halten. In 6 h Flugzeit waren wir in Bratislava, LZIB. Meldepunkt genau auf der Grenze kurz hinter Wien. Es gab keine Besonderheiten, unsere Jodel wurde in einer Halle untergestellt, die Maschine musste unverschlossen bleiben. Wir nahmen an, sie haben die Jodel während unserer Abwesenheit untersucht, der Tank hinter den Sitzen war sehr groß, wir hätten jemanden oder etwas darin verstecken können. Die Polizistinnen waren besonders formell, aber korrekt. Die Pässe wurden besichtigt. Benzin gab es natürlich nicht. Auch der Abflug war ohne Komplikationen, der Kontroller sprach Englisch, der gleiche Meldepunkt. Ich weiß nicht, ob jemals ein deutsches Privatflugzeug hinter den Eisernen Vorhang geflogen ist. Nach einem Zwischenstopp landeten wir in Egelsbach.

Drei weitere Besonderheiten fallen mir noch ein.

Graswellen

Die hohe Fontäne im Genfer See ist ein guter Orientierungspunkt zur Landung. Lausanne hatte damals nur eine Graspiste, die so voller Wellen war, dass man selbst bei relativ geringer Geschwindigkeit immer wieder in die Höhe katapultiert wurde, sowohl beim Landen als auch beim Start. Ich löste das Problem beim Start, indem ich erst, wenn die Geschwindigkeit so hoch war, dass die erste Graswelle mich katapultierte, die Klappen ein Drittel ausfuhr. So berührte man den Kamm der nächsten Wellen nicht mehr.

Eine kleine Überraschung

Man hatte mir die Haube der Maschine abmontiert, wahrscheinlich um die Elektronik zu stehlen, was aber nicht gelang. Die Schrauben zur Wiedermontage der Haube lagen zum Glück fein säuberlich auf dem Sitz. Die Polizei untersuchte den Fall, dabei hatten sie dann auch meine Fingerabdrücke.

Ein bisschen viel Wind

Als einmal in Lyon auf dem Abstellplatz vor dem Tower der Wind mich so stark traf, dass die Maschine trotz Bremse herumgewirbelt wurde, stieg ich schnell aus und hielt sie an dem Außengriff fest, bis man mir zu Hilfe kam, um sie zu verankern.

Im Falle eines Krieges wollten wir uns schnell in Sicherheit bringen. Der Verlauf des Kalten Krieges und seine mögliche Eskalation waren nicht vorauszusehen, die Jodel stand immer vollgetankt bereit und der Schlüssel war in meinem Portemonnaie. Wir hätten sofort starten können, um allem zu entgehen.

Mit einer Motorlaufzeit von 938 Stunden haben wir am 11-3-82 die Jodel für 19.000 DM verkauft – ein Spottpreis angesichts der Ausrüstung, allein die Avionik war schon mehr wert, das Flugzeug also quasi umsonst –, denn seit dem 2-4-79 besaßen wir unsere N-231AG.

Die Mooney 231 Turbo

Zwei Maschinen zu unterhalten und zu fliegen war sehr teuer. Wir hatten uns überlegt, ein Flugzeug zu kaufen, das schneller und viersitzig war, weniger Zeit brauchte, um Ziele zu erreichen, eine Rückbank besaß, auf der unser Hund Platz hatte, und mit einem Kofferraum, der mehr Gepäck fasste.

Nach vielen Erkundigungen stand mein Entschluss fest. Die Turbo-Mooney 231 kam unseren Wünschen am nächsten. Sie entsprach meinen Vorstellungen von Festigkeit mit ihrem durchgehenden Tragflächenholm, einer Kabine aus Stahlrohrgerüst und Einziehfahrwerk. Der *turbocharger* garantierte das Erreichen großer Höhen und eine Tankfüllung erlaubte eine gute Reichweite.

Wir wendeten uns an die deutsche Mooney-Vertretung in Bonn, man nahm unsere Absicht, eine Mooney zu kaufen, offensichtlich nicht ernst, denn unerklärlicherweise bekamen wir nie eine Antwort.

Von einer deutsch-amerikanischen Firma konnten wir dann die N 231AG, Typ M20K kaufen.

Die US-Kennung brachte uns viele Vorteile. Die Maschine wurde natürlich verzollt, denn N-Nummern in Deutschland waren öfters ohne Zoll eigeführt worden, sodass wir noch viele Jahre immer wieder die Zollerklärung vorzuweisen hatten. Außerdem musste der Eigentümer die amerikanische Staatsangehörigkeit besitzen. Der Besitzer der Gesellschaft besaß die amerikanische Staatsangehörigkeit, wir gehörten dann der Gesellschaft an.

Mooney hatte durch seine Konstruktionen einen fast legendären Ruf und Herr Lopresti, ein Aerodynamiker, der die jetzigen Mooneys überarbeitete, war bei den F-15 und anderen Militär-Jets mit von der Partie. Dadurch hatten die Mooneys eine unvergleichliche Performance in ihrer Klasse. Schnelligkeit, Reichweite und Festigkeit waren ihre Charakteristika. Alles dies war mir natürlich im Detail bekannt und wir waren glücklich, diese Wahl getroffen zu haben.

Im Laufe der Zeit wurde uns klar, welche Vorteile uns die N-Registrierung bei der Installierung fortschrittlicher Navigations-Instrumente, die der Sicherheit dienten, brachte.

Einige Daten:

Teledyne Continental TSIO 360-GB, 210 PS
Gesamtgewicht: 2.900 lb (1315 kg)
Zuladung: 1.100 lb (498,3 kg)
Länge: 25 ft 5" (7,747 m)

Höhe: 8 ft 3" (1,958 m)
Kraftstoff: 76 gal (287,66 l)
Höchstgeschwindigkeit: 201 kn
Reichweite: 1.182 nm
Steigrate: 1.080 ft
Gipfelhöhe: 24000 ft
Stall (flabs + gear) 57 kn (65.5 mph)
Take off: ground roll 1.220 ft (372 m), *obstacle* 50 ft 2.060 ft (628 m)
Landing: ground roll 1.147 ft (349,6 m), *obstacle* 50 ft 2.280 ft (695 m)

Diese Idealwerte sind selten zu erreichen, man sollte sich nie danach richten. Sie hängen von zu vielen Faktoren ab. Stall, Landestrecken und Reichweiten sind besonders kritisch einzuschätzen. Bei der Zuladung sollte man immer das *center of gravity* bestimmen, einige Prozent mehr Zuladung sind so noch zu verkraften.

Die Mooney wurde von einem Ferry-Piloten überführt. Als ich sie zum ersten Mal sah, K. K. flog sie dann von Mainz nach Egelsbach, hatte sie für mich etwas Fremdes, vielleicht ein wenig Bedrohliches. Ich fühlte, dass eine Ära zu Ende ging. Schon der Vergleich mit der grazilen Jodel ließ den Unterschied erkennen. Wuchtig aus Metall die eine, leicht wie ein Vogel die andere. Wenn man die Tür öffnete, erblickte man ein *panel*, übersäht mit Knöpfen und Instrumenten, was einen erschreckte. Schon die Jodel war mit vielen Instrumenten im Panel bestückt, aber bei der Mooney waren sie anders und zahlreicher.

Die N-231AG war ein *complex aircraft* wie es amerikanisch heißt, mit Verstellpropeller und Einziehfahrwerk.

Es begann damit, das umfangreiche Handbuch zu studieren, was ich zu Hause und in der Maschine tat. Man musste vieles mehrere Male lesen und zugleich an der Maschine außen und innen sehen, um was es sich handelte. Zu den Erklärungen der Funktionsweise der einzelnen Flugzeugteile kamen die mehr als vierhundert Anweisungen, die der sicheren Handhabung dienten. Um sie zu befolgen, habe ich eine gekürzte Liste erstellt, die man zur Hand hatte, wenn man daran ging, sie Schritt für Schritt auszuführen.

Nachfolgend die Checks vor dem Flug und der Landung in Kürze, um Nichtfliegern zu zeigen, wie viel zu beachten ist.

Checks outside, am Boden: *covers, pitot, towbar remove, surface, hinches, static port, gear, tires (kick the tires), prop, oil, turbo* (Öl-Leck). Das Drainieren der Tanks ist sehr wichtig, um Wasser, das sich am Boden der Behälter gesammelt hat, abzulassen.

Hierzu ein Beispiel. Wir waren bei strömendem Regen in Bergerac gelandet, es musste dort auch schon lange Zeit geregnet haben. Wir tankten sofort. Wie üblich drainierten wir die Tanks vor dem Abflug fünf Tage später. Zu unserem Erstaunen kam in Strömen Wasser aus den Tanks. Wir schätzten, mehr als ein halber Liter. Da wir wussten, dass niemals, selbst bei starkem Regen, so viel Wasser durch die gut abgedichteten Tank-Einfüllöffnungen der Mooney kommen konnte, musste das Wasser aus dem Tank der Zapfstelle gekommen sein, vielleicht war der Tank schon fast leer gewesen und hatte das Wasser angesaugt.

Checks inside: hobbs, fuel, time, QNH, slave in, horizon.

Start engine: prop clear, master switch, throttle, prop, mixture, oil pressure, brakes, voltmeter, radio, avionics set for departure.

Taxi: *gyro, turn and bank, brakes, heading bug.*

Run up: *brakes, fuel, cowl Flaps, magnetos check, oil temperature, cylinder-head temperature.*

Before take-off: *trimm, flaps, mixture, prop, cowl-flaps, door, window, landing-light, transponder, autopilot.*

Take-off: *full power, look for half of runway-length, right rudder, rotate 90 mph* (ich habe immer 100 mph bevorzugt).

Climb: gear up, flaps up, 400 ft 25 rpm 35 mp.

Cruise: cowl-flaps, power setting, leaning according to turbo, nach Daumenmaß: (TIT im normalen Bereich) leaning nach rund laufendem Motor, rpm).

Landing, entry-check: GUMP (*Gas, Undercarriage, Mixture, Prop*), 22 mp, *prop* 2500 rpm, IAS 120 mph, *fuel fullest tank*, *flaps* 15 Grad, *mixture rich, landing-light on.*

Final: *GUMP flabs half, spoiler.*

Go around: *full power, spoiler* einfahren, *gear up flaps up.*

Parking: *X-ponder off, master radio off, shut off engine.*

Hier ist abgebildet, wie man einen Flugplatz ohne Anflug-Navigationshilfen anfliegen kann, zum Beispiel bei schlechter Sicht. Ein handgestricktes System mit Hilfe von GPS. Am besten ist es, die jeweiligen *Threshold*-Koordinaten einzustellen, es funktioniert auch mit den Koordinaten des Platzes, aber nicht so genau. **Hindernisse sollten jedoch in etwa 8 Meilen vorher berücksichtigt werden. <u>Die Platzhöhe muss zu den angegebenen Höhen hinzugezählt werden!!!</u>**

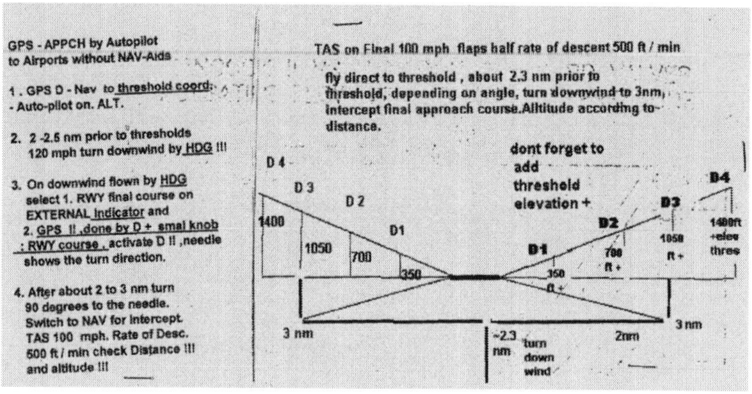

Dieses System ist nur zu empfehlen, wenn die GPS-Einrichtungen vollkommen beherrscht werden. Man sollte seinen *approach plan* vorher schriftlich vor sich haben und exakt danach fliegen.

Aus welcher Richtung auch immer, man fliegt den Platz mit seinen Koordinaten an. Je nach Landerichtung dreht man in 2,3 nm Entfernung in den Gegenanflug. Nach 3 oder 4 nm geht man in den Queranflug. Die Flughöhe sollte bei 4 nm Entfernung 1.400 ft + **Platzhöhe** betragen. Man stellt vorher den Endanflugkurs zur Schwelle des Platzes ein und fliegt nach der Anzeige. Bei einer Distanz von 3 nm (D 3): 1.000 ft + **Platzhöhe,** bei D 2: 700 ft + **Platzhöhe**, bei D 1: 350 ft + **Platzhöhe**, das ist schon das Minimum wie bei IFR, also möglichst nicht bis dahin.

Am Einfachsten ist es, sich einen direkten Anflug geben zu lassen.

Heute kann man darüber nur lächeln, ein Glas-Cockpit mit Geländedarstellung und Gleitpfadanzeige machen ILS-Anflüge mit Autopilot noch leichter, Einstellungs-Irrtümer muss man dennoch mit wiederholten Checks vermeiden. Bei Flugplätzen ohne Anflug-Navigationshilfen, kann das o. g. Schema auch heute noch hilfreich sein.

Während die Jodel einen festen Propeller besaß, war es bei der Mooney ein verstellbarer. Ihr turbogeladener Motor erforderte unterschiedliche Einstellungen bei Start, *cruise*, *descent* und Landung, wie oben in den Listen angegeben.

Die Bedienung der Instrumente erforderte eine Übung, die man im Schlaf beherrschen musste. Falsche Einstellungen führen augenblicklich zu erheblichen Schwierigkeiten. Der KFC-*flight-director* mit Autopilot und Kompass-System brachte Sicherheit und erleichtertet das Fliegen erheblich, barg aber auch viele Gefahren bei nicht sachgemäßer Handhabung, meist fehlerhafter Einstellung.

Für mich, der ich gern nach Instrumenten flog, ein Spaß.

Als zusätzliche Neuerungen waren ein KNS 80, ein *aerea-nav-system* und ein *stormscope* im *panel*. Mit dem KNS 80 war es möglich, *way points* zu setzen, wie später beim GPS. War ein DME vorhanden, konnte man mit Radial und Entfernung einen Punkt fixieren und auch mittels Autopilot, der gekuppelt war, diesen direkt anfliegen. Das bedeutete Meldepunkte, Landebahn, sogar die *thresholds*. Das *stormscope* zeigte, wie ich später immer wieder sehen konnte, Gewitter in den verschiedensten Entfernungen an.

Diese beiden für die Sicherheit wichtigen Geräte waren vom LBA nicht zugelassen und nur in N-registrierten Maschinen zu benutzen.

Am 4-4-1979 absolvierte ich mein *type rating*, nach elf Landeübungen war ich mit der Maschine vertraut.

Am 8-4-79 begann ich mit der praktischen Commercial- und Instrumentenausbildung, gleichzeitig mit der Theorie.

In Erinnerung blieben mir die einmaligen Bücher meines *instructors* für die Theorie, W. E Bovard, die ich noch besitze und die mich immer noch mit ihren, zum jeweiligen Thema gehörigen, Illustrationen erfreuen. Die Eule war sein Symbol, wir haben sie auch noch als Skulptur von ihm. Außerdem noch einige Zeichnungen. Es ist für mich wichtig, im Andenken an ihn, einige Seiten im Original zu zeigen.

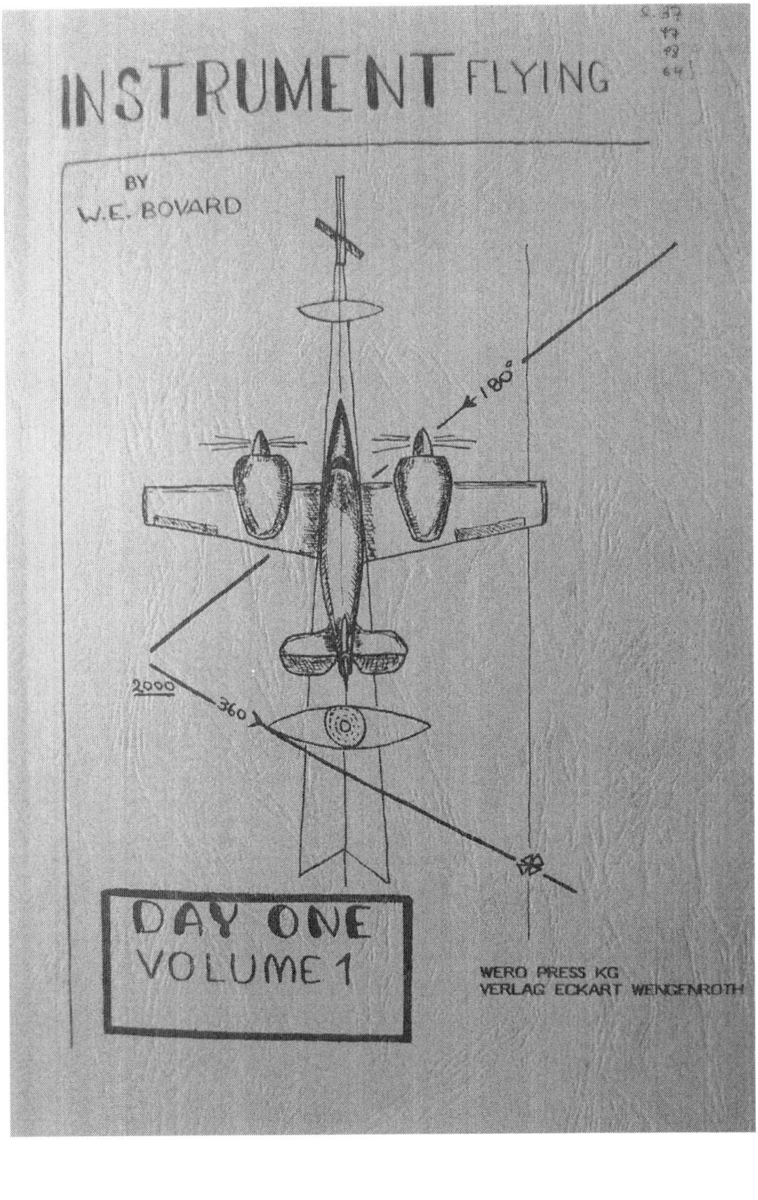
INSTRUMENT FLYING
BY
W.E. BOVARD
180°
2000
360
DAY ONE
VOLUME 1
WERO PRESS KG
VERLAG ECKART WENGENROTH

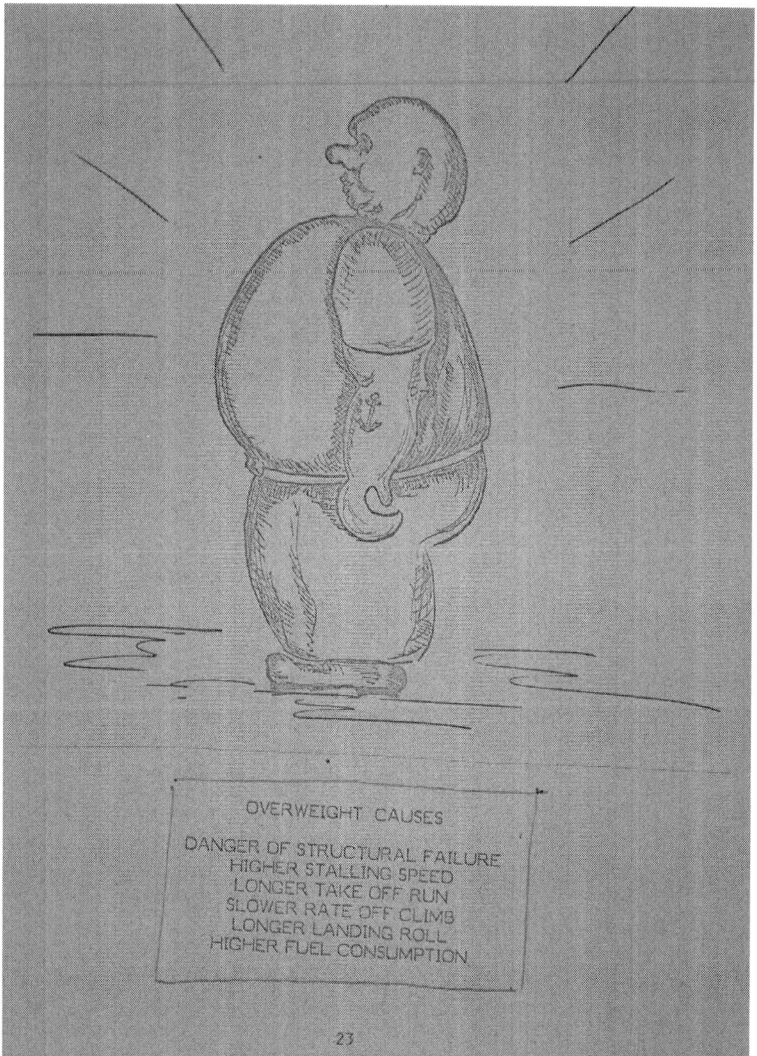
OVERWEIGHT CAUSES
DANGER OF STRUCTURAL FAILURE
HIGHER STALLING SPEED
LONGER TAKE OFF RUN
SLOWER RATE OFF CLIMB
LONGER LANDING ROLL
HIGHER FUEL CONSUMPTION
23

Your center of GRAVITY is the point where all your WEIGHT is concentrated. It is the BALANCE POINT of your airplane.

If your center of PRESSURE and your center of GRAVITY are close together then your airplane is BALANCED. Your elevators can exert enough force either to pitch you up or to pitch you down with no difficulty.

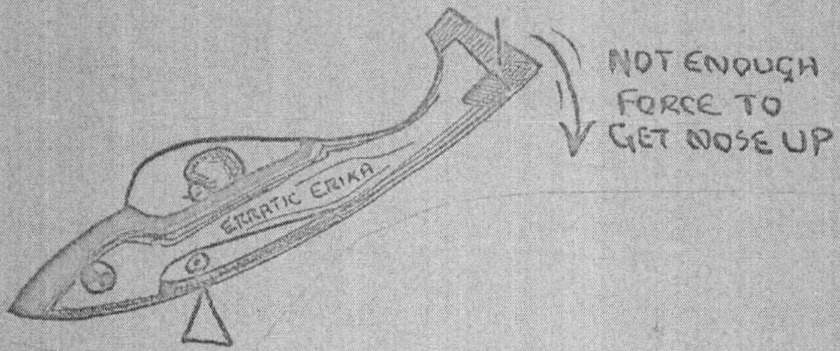

If your center of GRAVITY is too far in front of your center of PRESSURE then all the force you can get, even with full up elevator, may not be enough to get your nose up.

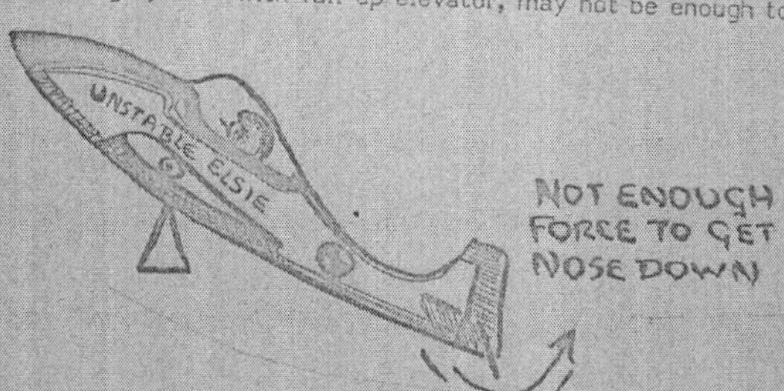

If your center of GRAVITY is too far behind your center of PRESSURE, then all the force you can get, even with full down elevator, may not be enough to get your nose down.

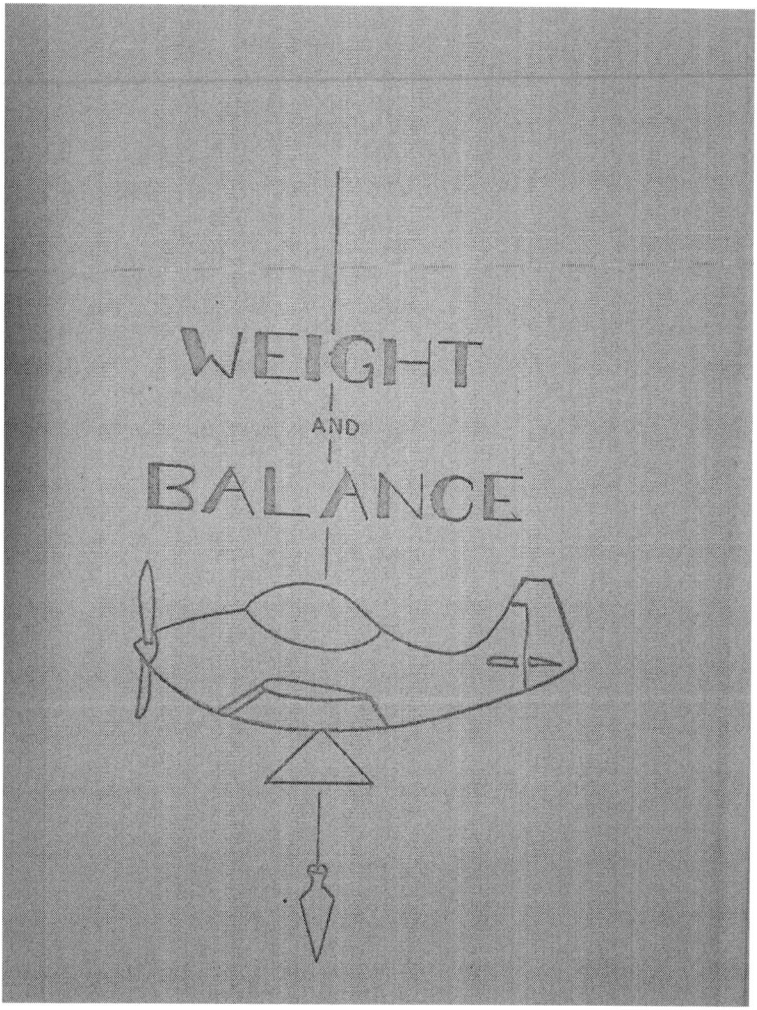
WEIGHT
AND
BALANCE

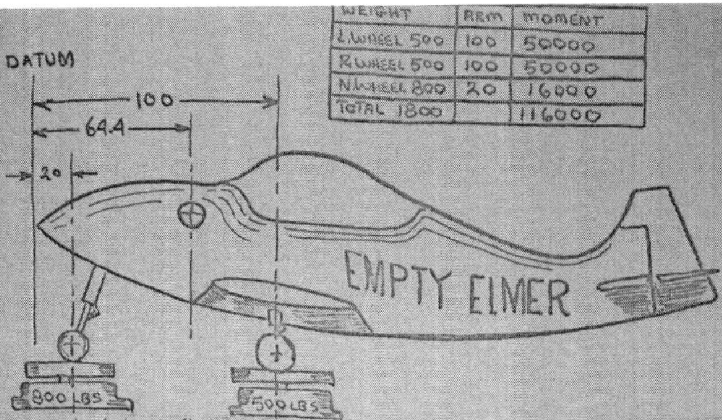

WEIGHT	ARM	MOMENT
L.WHEEL 500	100	50000
R.WHEEL 500	100	50000
N.WHEEL 800	20	16000
TOTAL 1800		116000

The mechanic has to find the empty weight of the airplane by actually weighing it.

He knows how far the centerline of each wheel is from the datum. A scale placed under each wheel gives the weight on this wheel. The total of all these weights is the empty weight of the airplane.

The weight on each wheel multiplied by the distance of the wheel from the datum, (it's arm), gives the moment exerted by the weight.

A total of these individual moments gives the total moment exerted by all the individual weights.

This total moment divided by the total weight gives the center of gravity location in inches aft of the datum.

Every time something is added to the fixed equipment of the airplane, or taken away from the fixed equipment, the mechanic must weigh the airplane and enter the new empty weight and empty weight C.G. in the aircraft log book.

The basic weight and balance formula is:

WEIGHT X ARM = MOMENT

If you know any of these factors you can find the other easily.

Memorize this circle and cover up the items which you WANT TO FIND and what is left will tell you how to do it.

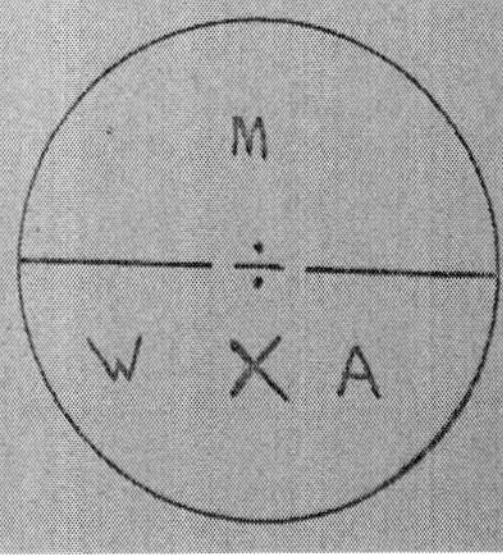

29

WHEN YOU ARE HEAVY YOUR STALL SPEED IS HIGHER
HEAVY HENRY
THAN WHEN YOU ARE LIGHT
LIGHT LOUIS
AND HEAVYWEIGHTS TAKE A LOT MORE RUNWAY!
PEDRO PESADO
22

You can ruin your longitudinal stability by loading your airplane so that the center of gravity is too far away from the center of pressure.

If you load your airplane too far aft, (toward the tail), your elevators may not be able to exert enough force at slow speeds to get your nose down.

You will have trouble recovering from stalls.

On landing you might pitch up uncontrollably during the last stages of your final, when you are all slowed up.

If you load your airplane too far forward, (toward the nose), you may have trouble getting your nose up for take off. You would need a lot more speed before your elevators could exert enough force to raise your nose.

Unless you used a lot of extra speed on your final approach you might not be able to get your nose up enough to avoid hitting hard on your nose wheel.

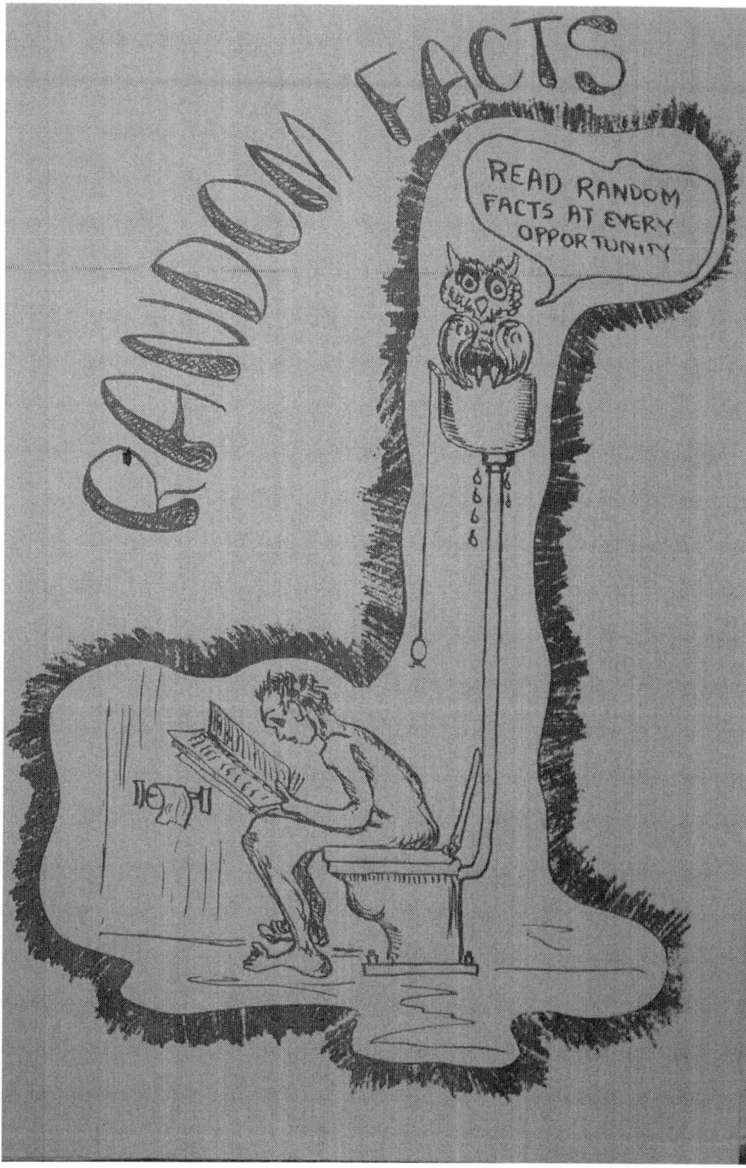
RANDOM FACTS
READ RANDOM FACTS AT EVERY OPPORTUNITY

Acht Bücher für PPL, CPL, Instrument und Multiple-Choice-Fragen mit bemerkenswerten Illustrationen.

Die schriftlichen Prüfungen zur *instrument-* und *commercial-pilot-profiency* wurden unter Aufsicht auf der amerikanischen Rhein-Main-Airbase absolviert, im Multiple-Choice-System, die Praxis und Prüfung mit verschiedenen Lehrern, auch amerikanischen Militärpiloten, die strikt jeden Fehler registrierten.

Die Mooney war auf kurzen Landebahnen anspruchsvoll zu landen, damals hatte sie noch keine Spoiler und ein Zaun begrenzte die kurze Bahn in Bad Dürkheim, an die ich mich erinnere und auf der ich mit einem Militärpiloten der Air Force als *checker* landete.

Schon eine Woche später, am 11-4-79, unternahm ich meinen ersten VFR-Flug mit der Mooney nach Ajaccio und Propriano. Wir umflogen die Alpen im Westen in 4 h 13 min. Die Zwischenlandung in Ajaccio war wegen des Zolls noch immer zwingend. Eine gute Gelegenheit für vier Landeübungen war Propiano mit wenig Verkehr. Am 17-4-79 flogen wir die gleiche Route zurück in 5 h 11 min. Die Route führte uns immer über VORs.

Die Strecke legte ich in der halben Zeit zurück, die ich mit der Jodel benötigte. Beide hatten ungefähr die gleiche Reichweite, die Jodel wegen der Reserve sogar noch eine etwas größere.

Die Vertrautheit mit dem *panel* und seinen Anzeigen wurde immer besser, der Autopilot war auf der Strecke die größte bisher nicht gewohnte Erleichterung. Seine Einstellungen waren rasch erlernt. Mein IFR-Training machte ebenfalls Fortschritte. Es wurde zum größten Teil unter der Haube geflogen, das heißt, man sieht nur das *panel* ohne die Landschaft. In dieser Zeit flog man nach Instrumenten die vom Instruktor angegeben Manöver. Nach Einleiten des Landeanflugs entfernte man die Haube (*hood*), bis dahin wurde man vom Lehrer geführt. Man sah den Platz, der so plötzlich auftauchte, dass man nicht feststellen konnte, auf welchem man sich befand.

Das kleine Dreieck im künstlichen Horizont in der Mitte zu halten und die Höhenhaltung plus-minus 100 ft war das Schwierigste während der Bedienung der verschiedensten Knöpfe mit der rechten Hand beim manuellen Fliegen. Immer wieder, wenn man eine lange Zeit zur Einstellung brauchte, kam man vom Kurs ab oder hielt nicht die Höhe. Besser ist es, in mehreren Stufen die Einstellung zu tätigen, als zu lange nicht die Instrumente zu scannen. Der Autopilot mit *heading* und *altitude* war dann die Rettung, meines Erachtens unentbehrlich bei Single-IFR.

Am besten hat man die Checkliste zur Hand: *take-off, climb, cruise, landing, entry-check, final, go-around, parking*, jeweils mit kurzer Beschreibung der Tätigkeit.

Nach neun IFR-Trainingseinheiten und bis dahin 43 Landungen mit der Mooney ging es zum ersten IFR-Trainingsflug mit meinem *instructor*, seiner und meiner Frau am 18-5-1979 nach Korsika.

EDFE (EDRE damals) – LFKJ 4 h 20 min. Nach Propriano LFKO 12 min ohne Besonderheiten.

Dort konnte ich dann mehrere IFR-Anflüge auf Ajaccio üben. Wie dort üblich gab es zuweilen heftige Turbulenzen. Nach einer solchen, bei der wir angeschnallt mit dem Kopf die Kabinendecke berührten, machte ich einen, für mich heute, schlechten Scherz. Ich zeigte auf die linke Tragfläche und sagte zu Herrn K., meinem Lehrer, sie sei verbogen. Er schien wirklich erschreckt. Unbegreiflich, aus welchem Grund man zuweilen so völlig unkontrolliert etwas sagen kann.

Am 20-5-79 flogen wir direkt über die Alpen nach Egelsbach zurück. Selbst bei wolkenlosem Himmel hängen meist Kumuluswolken im Norden von Genua über den Bergen. Die Tiefebene liegt oft im Dunst, aber schon von hier kann man die Wolkenart und -höhe über den Alpen in der Ferne beurteilen. Jetzt war es aber IFR-Wetter.

Über den Alpen vereiste das Flugzeug, sodass wir mit *full power* und *low pitch* gerade noch die Höhe halten konnten. Natürlich war auch die Frontscheibe durch Eis undurchsichtig. Im Sinkflug schmolz das Eis, mit Donnergetöse trafen die sich lösenden Eisbrocken Höhen- und Seitenruder. Erst jetzt wurde mir klar, wie dick die Eisschicht auf Maschine und Propeller gewesen sein musste. Ich habe nie erfahren, wie viel Vertrauen mein Lehrer in die Mooney hatte, so etwas durchzustehen. Ich selbst war zu „blauäugig", um zu beurteilen, was geschehen war. Seine Frau saß wie immer häkelnd mit meiner Frau auf der Rückbank.

Etwas hatte ich aber gelernt in diesen Höhen, in denen wir auch später flogen: Ich flog immer so hoch wie möglich und mochte die Tieffliegerei nicht, daher war eine Enteisungseinrichtung nötig. Sauerstoff hatten wir immer für zwei bis drei Stunden, die Gipfelhöhe der Mooney war angeblich 24.000 ft, ich bin jedoch nie höher als 18.000 ft geflogen, einmal im Test 19.000 ft. Da wir im Gegensatz zu Turboprop-Maschinen und Jets immer im Wetter flogen, war eine Enteisungsanlage wichtig.

Meine Frau schenkte mir zu Weihnachten die *weeping wings*, TKS, eine Enteisungsanlage für Fläche, Höhen-, Seitenruder und Propeller.

Durch winzige Löcher in einer schmalen Titan-Umhüllung der vorderen Flächenkanten, (*leading edges*) wurde die Enteisungsflüssigkeit gepresst, sodass die Flächen kontinuierlich damit benetzt wurden. So war es möglich, die Vereisung zu verhindern. Sie zuzulassen, empfiehlt sich nicht.

Mein IFR-Training ging mit Instrumentenanflügen auf verschiedene Flugplätze weiter.

17-6-79. Simulierter IFR nach Korsika und zurück, ich hatte noch kein Zertifikat.

Einmal hatten wir einige IFR-Anflüge auf Stuttgart absolviert und ich flog allein zurück nach Egelsbach und ließ meinen *instructor* in Stuttgart, um ihn am nächsten Tag wieder abzuholen.

Bauchlandung.

Am nächsten Morgen, ein Freund von mir flog mit, bin ich beim noch nicht lizenzierten Instrumentenanflug in Stuttgart auf dem Bauch gelandet. Es war die sanfteste Landung, die ich je fertiggebracht habe, schnurgerade auf der Center Line mit der kürzesten Landestrecke. Der Propeller war an beiden Enden umgebogen, das Bodenblech verdünnt, sonst nichts. Mein Freund R. neben mir hatte immer auf die Bodenberührung gewartet, die erst sehr spät kam. Ich hatte vor lauter Konzentration auf das ILS (Instrument Landing System) vergessen, das Fahrgestell auszufahren, das Warnhorn war nicht zu überhören gewesen, es hatte mich nicht gestört. Mein ohnehin geringes Selbstbewusstsein geriet nach dem Vorfall ins Schwanken, es dauerte sehr lange, bis es sich wieder stabilisierte. Es tröstete mich nicht: „Die einen haben es hinter sich, die anderen noch vor sich." Arme Mooney, obwohl ich sie so misshandelt hatte, nahm sie mir es nicht übel. Doch muss ich, um bei der Wahrheit zu bleiben, etwas hinzufügen: Um ruhiger zu sein, wenn ich zum ersten Mal allein ein ILS hinunterturnte, hatte ich zuvor einen Tranquilizer eingenommen, trotz Verbotes in der Luftfahrt, so störte mich offensichtlich das Warnhorn nicht, es ist keine Entschuldigung, nur eine Ergänzung.

Meine Jodel, die ich auch noch flog, hatte ein festes Fahrwerk. Auch dies keine Entschuldigung. Check GUMP: G wie *gas* (Benzinschalter auf *fullest tank*), U wie *undercarriage* (Fahrgestell), M wie *mixture* rich, P wie *prop low pitch*), im Finale vergessen, obwohl ich durch das Warnhorn darauf aufmerksam gemacht wurde, das bei Leerlauf oder Stall ertönt.

Es waren durch die Bauchlandung keine strukturellen Schäden entstanden. Das Bodenblech war noch nicht einmal durchgescheuert. Ein so genanntes *shock loading* war nötig, um Motorteile auf Risse zu untersuchen, weil die Propellerenden verbogen waren und der Motor dadurch gestoppt wurde. Nach der Reparatur ein Checkflug und zurück nach Egelsbach. Eine Bestrafung erfolgte wegen des nicht autorisierten IFR-Anflugs auf Stuttgart.

Weiteres IFR-Training, Nachtflug und mehrere Nachtlandungen in Wien. Der Landescheinwerfer reichte nicht aus, um die Schilder der Rollbahn zu erkennen, mit der guten Taschenlampe war es jedoch möglich.

Ein anderes IFR-Training absolvierte ich, begleitet von H. R., mit einem Flug nach Graz zu einem Geburtstag.

Endlich die Lizenzen: *instrument pilot*, mit anderen Prüfern, einmal nicht bestanden, wiederholt, *commercial pilot* o. k.

“XY has completed the Instrument Pilot Course and has demonstrated the required Proficiency in PILOT OPERATIONS ACCORDING TO FAR PART 61.65. 9-2-1980.”

“XY has completed the Commercial Pilot Course and has demonstrated the required Proficiency in PILOT OPERATIONS ACCORDING TO FAR PART 61.127. 19-2-82“

3-9-1980. Erster IFR-Flug nach Ajaccio mit Lizenz. Weiter nach Brindisi und Athen.

Inzwischen war ich auch zuweilen mit meiner geliebten Jodel geflogen und verlieh sie zum ersten Mal an zwei Kollegen (1-11-1980). Zwei Flugzeuge waren auf Dauer zu kostspielig für uns, daher mussten wir sie verkaufen. Am 29-4-1981 stellte ich sie in Baden-Baden ohne Erfolg für 20.000 DM zum Verkauf aus. 935 Stunden auf Hobbs und noch 900 Stunden zur Erstüberholung. Ein Spottpreis bei der Instrumentierung und der Laufzeit.

Die Daten zum Verkauf

“D- EFFM. SA 150, Rapid, build 1967. Engine: 0-200 A Continental – Rolls Royce. 100 hp. Utility-class, 2 seats. 935 HRS since new, approx. 900 HRS left to Main Overhaul.

Endurance: 8.5 HRS. 22 Liter/hr. Av. Speed 200 km/h.

Oil-cooler, heated pitot, manifold-pressure indicator, cylinder-heat temp, 2 altimeters (feet and meters, attitude indicator (venturi driven), gyro (venturi driven), turn and bank (electric).

1 Comm. (Becker), 1 nav. VOR/Loc. (Becker), 1 nav. VOR/ILS (ARC), Transponder (King), KMA 20 switch panel and Marker, ADF.

DM 20.000 Ffr: 50.000“

Letztendlich wurde sie für 19.000 DM verkauft. Die Elektronik war damals schon 20.000 DM wert, die Maschine wurde also quasi umsonst abgegeben.

Schon in der Jodel hatten wir ein kleines Dinghi und Schwimmwesten. Bei unseren vielen Routen und unzähligen Stunden mit der Mooney über Wasser gab es ein größeres „Live Raft“ für sechs Personen. Zwei Sauerstoffzylinder waren festgezurrt am Boden hinter dem linken Sitz für zwei Stunden Sauerstoff mit Nasenkanülen und einer Sauerstoffmaske für unseren Hund. Sie waren immer über der Rückenlehne greifbar, wie auch das *live raft* schnell erreichbar auf der Rückbank neben dem Hund lag. Die Handhabung musste man kennen, erst aussteigen, dann die Halteleine festhalten, ehe man es aufbläst.

Ab 13.500 ft war Sauerstoff für den Piloten Pflicht, sinnvoll bei schnellem Erreichen einer Flughöhe von 16.000 bis 17.000 ft über die Alpen, einmal sogar bei 18.000 ft. Meist waren nur die vorderen Sitze belegt, bei weiteren Passagieren war die Rückbank besetzt und der Gepäckraum im Heck der Maschine beladen.

Mithilfe von grafischen Tafeln berechnete man, ob die *limits* des *centers of gravity* eingehalten werden. Liegt dieser Schwerpunkt zu weit vorn (wenn man das Flugzeug im Seitenriss betrachtet und ihn in die Rumpfmitte projiziert, sollte er ungefähr vorn im ersten Drittel der Tragfläche liegen), kann das Flugzeug bei vollem Ruderausschlag nicht abheben, liegt er zu weit hinten, wird es nicht steigen können oder aus dem Bodeneffekt-Auftrieb heraus im Stall unmittelbar nach dem Abheben zu Boden gehen. Die Lage sämtlicher Gewichte zu diesem Punkt muss unbedingt berücksichtigt werden. Bei geringer Überladung muss man zumindest im Limit liegen und eine längere Start- und Landestrecke planen. Von Herrn Bill Bovard in den Abbildungen oben illustriert.

Es lohnt sich, über die komplizierten Prozeduren des An- und Abflugs bei IFR-Flügen zu berichten. Ohne GPS-Navigation waren es bodenetablierte, frequenzabhängige Einrichtungen wie VOR, NDB, ILS. Sie bestimmten, was man befolgen musste um nach Anflugplänen bestimmte Punkte zu erreichen. Anflugrouten (*transitions*) wurden später meist mit vielen *way points* festgelegt.

Um IFR von A nach B zu fliegen, muss ein Flugplan eingereicht werden:

Flugplatz, Abflugzeit, Geschwindigkeit, Reiseflughöhe, Route, Zielflugplatz, Gesamtflugdauer, Ankunftszeit, Ausweichflugplatz, Höchstflugdauer, Personen an Bord, Flugzeugfarbe, Notfall und Überlebensausrüstung (Schwimmwesten, Dinghis, Leuchtraketen), verantwortlicher Flugzeugführer.

Wenn der Flugplan eingereicht und bestätigt ist, kann man innerhalb von dreißig Minuten starten. Nach Startfreigabe, Wiederholung der Routen und des Transponder Codes werden die Abflugrouten,

Navigation und Anflug am Ziel nach Plan befolgt, wenn keine Äderungen der Controller vorliegen.

Vor dem Jahr 1985 waren Luftstraßen für längere Strecken einfach anzugeben, zum Beispiel Egelsbach – Ajaccio: NKR-A9-AJO.

Beim Beginn von Euro Control erfolgte zum Routing eine endlose Anzahl von Wegpunkten, durch Computer ermittelt, wehe, man vergaß einen Bindestrich oder Buchstaben, dann kam Error. Eine kurze Folge von *way points* machte dauernde Kursänderungen nötig. Später wurden wieder längere Luftstraßen etabliert, die Navigation wurde normaler.

Welche Anflüge kamen mir besonders schwer vor? NDB-Anflüge und DME- Arc-Anflüge.

Als *private single IFR pilot* hatte man es nicht leicht, denn man flog immer wieder Plätze mit den verschiedensten Anflugprozeduren an. Viel später konnte man sie auf dem Heimsimulator üben, der aber früher nicht zur Verfügung stand.

Man flog immer unter Radarkontrolle, geringste Abweichungen von der einzuhaltenden Höhe, der Strecke und auf dem Gleitpfad wurden vom Kontroller bemerkt und angemahnt, wenn man sie nicht genau befolgte.

Wichtig ist es, rechtzeitig die entsprechenden Frequenzen zu schalten, um nicht hinter dem Flugzeug (*behind the aircraft*) zu sein. Es ist müßig, die vielen Anflugverfahren zu beschreiben, eine Liste der Handlungen zum *ILS-approach* ist sinnvoll, am besten, wenn ein Copilot die Checkliste liest und der Pilot die Ausführung bestätigt. Meine Liste hatte 13 Punkte. Wenn man Solo-IFR fliegt, muss man die Anflugkarte dauernd verfolgen und vorausdenken, man muss die Schritte sozusagen rechtzeitig im Geist abrufen. Parallel dazu kommen noch die Anweisungen des Controllers, die den Anflug ändern könnten und natürlich das Steuern des Flugzeugs, also viel Arbeit.

Ein Autopilot ist natürlich bei richtiger Handhabung das Übliche. „Clear to land“ am Ende ist abzuwarten. Wenn man den Anflug verpatzt, folgt ein *missed approach procedure*, das eingeplant sein muss und das man, es ist nicht viel Zeit, am sinnvollsten zuerst mit dem angegebenen Kurs einleitet. Alles Weitere kann dann überlegt geschehen. Bei den IFR-Checks muss es auch ohne Autopilot gehen.

(Hier evtl. Anflugpläne und IFR- Routenkarten abbilden).

Um VFR und IFR zu fliegen, ist es nötig, wie man sagt, *current* zu sein, das heißt, nachweisen zu können, in sechs Monaten sechs IFR-Anflugverfahren und mindestens drei VFR-Landungen ausgeführt und alle zwei Jahre eine Prüfung abgelegt zu haben.

Ich sehe gerade in den Logbüchern die vielen Kontrollen (50 Stunden, 100 Stunden) zur sicheren Funktion des Flugzeugs und zur Sicherheit der Insassen. Je mehr Instrumenten der Avionik man hatte, desto häufiger waren Reparaturen nötig, da sie immer mal ausfielen. Das kostete sehr viel Geld, wie auch ein neues Kabineninterieur einschließlich Polsterung und eine schöne Außenlackierung nach längerer Zeit. Ein Korrosionsschutz an den Innenflächen und am Rumpf war auch nicht billig. Die Mooney fiel immer auf, sie war eine Schönheit.

Ein Nachteil meiner IFR-Fliegerei war, dass ich öfters bei entsprechendem Wetter in den Wolken flog. Mit Böen, Regen, Eis und eventuell nicht sichtbaren Gewitterwolken ist dann zu rechnen. Das *stormscope* konnte einen davor bewahren. 1988 baute ich eine Enteisungsanlage ein.

Zusätzlich waren bei dem langen Schweben der Mooney beim Landeanflug die *speed brakes* sehr wichtig und, weil die Mooney zur Überhitzung des Motors bei schnellem Steigen neigte, ein *intercooler*.

1995 wurden ein GPS-System, *trimble-approach plus* mit Autopilot und Flight-Director-Anschluss installiert. Nun konnte man die Koordinaten eingeben und jeden Punk genau anfliegen, mit und ohne Autopilot.

1996 kam das *portable moving terrain* dazu. Auf einem großen Display sah man auf einer mit der Flugroute wandernden aktuellen Karte ein Flugzeugsymbol an der Position, an der man sich augenblicklich befand, das *moving terrain* war mit dem GPS verbunden.

Man konnte sich nie mehr verfliegen, aber auch den Kontrollzonen ausweichen. Indem die VFR-Route mit entsprechenden Wegepunkten geplant wurde, konnte man sie umgehen und musste die Controller nicht um einen Durchflug bitten.

Heute ist das alles im Glascockpit vereint.

Zuweilen habe ich einige Notizen zu Flügen aufgeschrieben, vielleicht ist es von Interesse, Näheres über einzelne Flüge zu erfahren. Im Folgenden wird über „Fehler“ und zuweilen gefährliche Ereignisse berichtet.

4-4-1984. Von Egelsbach nach Sion (LSGS). Eine Strecke die ich oft flog. Meist cancelte ich IFR im Sinkflug auf ST-PRE-VOR, um unter die Wolken zu kommen und zu sehen, ob es möglich war, in das Rhone-Tal mit genügender Höhe einzufliegen. Regelrechte IFR-Anflüge auf LSGS begannen mit einer Höhe von 18000 ft und man musste dann die letzte Meile wegen der versetzten Landebahn doch noch nach Sicht fliegen. So war es besser, vom See her anzufliegen. Bei Martiny in einem 60-Grad-Bogen um die Ecke und man sah Sion. Aus welcher Richtung auch immer der Wind kam, über Martiny wurde es böig, dort trafen sich mehrere Täler. Die Berge im Umkreis der Rhone waren 10.000 ft hoch, man konnte im Notfall noch umkehren, wenn auch nur mit einer Steilkurve.

Beim Abflug VFR von Sion musste man, bevor Martiny erreicht war, mindestens 11.000 ft hoch sein, um in das Tal zum Genfer See zu fliegen, 10 nm vom VOR Sion. Geradeaus sind die Berge 10.000 ft hoch, so schnell konnte man bei plötzlicher Sichtbehinderung keine Wende fliegen und man war dann in sicherer Höhe. Meine Route war mit genauen Wegpunkten und Kursgraden markiert, ich wusste genau, wo ich die entsprechende Höhe haben musste, um nicht mit den Bergen in Kollision zu kommen. Dies war auch die IFR-Abflugroute, die ich VFR flog.

20-6-1984. EDFE- LOWG (Graz), 2 h 5 min. Vorwiegend IMC (*Instrument Meterological Condition*). *Instrument approach*, Starkregen, beinahe Minimum (wenn bei einem Anflug ohne Sicht, Instrumentenanflug, bei 200 ft die Landebahn nicht sichtbar ist, muss man durchstarten), wegen des Aquaplaning bei der Landung habe ich kaum gemerkt, dass ich aufsetze. Klatschender Beifall von meinen zwei Passagieren. Ich muss gestehen, wieder so weich nie gelandet zu sein. Übrigens ist Graz eine Landung wert.

4-6-87. Pfingsten, Westumgehung, Abflug EDFE *ceiling* 1.000 ft, in Wolken bis Montélimar, Fl.130, *icing* (noch kein TKS), Leistung reduziert, *alt. air*. Kurz vor Korsika Wolken im *descent*, noch Eis an *leading edge* (Flügelvorderkante). *Ice* bis 7.000 ft, 4 h 45 min.

22-8-87. 10 Uh Abflug EDFE,1305 Ajaccio, Überraschung: 150 Ffr. Landegebühr und *handling*. Mit Auto, Rolls Royce, Zoll, Polizei und zurück. Jedes Mal neues Formular. Die Franzosen hatte die Kontrolle übernommen. Propiano, neue Frequenz 118.5 mit Tower.

Wetter Alpennordseite klar, Dunst, Südseite 6/8 Po-Ebene. Cumuli über Corse. *Cloudbase* 6.000 ft. Anka lässt sich nur widerstrebend O_2-Maske aufsetzen, ein anderes System muss her (später mit Kanülen im Maulkorb). FL. 150 von TRAS bis Voghera, Verbrauch 1 Zylinder O_2.

18-9-87 Ajaccio zu, Nebel, Pech, wir haben nicht viel Sprit, in Propriano gibt es keinen, um die Ecke nach Bastia. 3 h bis Egelsbach.

9-5-91 Mitten in das vorhandene Tief, Stau Alpensüdseite, 15.000 ft, -15 Grad 13.000 ft. Bis Vicco. IFR-App. LFKJ, GPS gute Hilfe.

24-8-91 Schönes Wetter bis LFKJ, 3h 30, *horro-holding* (Warteschleife vor LFKJ) wegen Jets.

28-5-92, Flug bis IFR bedeckt über den Alpen mit wenig Eis an der der Tragfläche. 3 h 30 min mit Anflug LFKJ.

1994 war ein unglückliches Jahr für uns. Unsere Anka starb am 4. Juli plötzlich an einem Hirntumor. Den Schmerz des Verlustes kann nur derjenige empfinden, der siebzehn Jahre mit ihr zusammengelebt hat. Sie hatte uns bei jedem Flug begleitet. Jetzt lag sie nicht mehr auf der Rückbank, als wir nach Korsika flogen. Schon im Landeanflug auf Ajaccio hatte sie sich sonst aufgerichtet und geschnuppert. Den

Geruch ihrer Insel, sie war dort geboren, hatte sie, wie Napoleon, in ihrer Nase. Jetzt war es schrecklich ohne sie.

Die Berge, das Meer, die Sonne konnten nicht unsere Traurigkeit vertreiben.

Am 19-9-1994 flogen wir nach Calvi, um zu tanken, in Propriano gab es kein Benzin. Schon dort empfing uns eine Turbulenz bei der Landung, die uns später auch beim Abflug nach Hause ungewöhnlich heftig beutelte. Nach dem Wetterbericht und Radar war eine Front von Westen her im Anzug. Im Osten über den Alpen war es wolkenlos.

Bei klarem Himmel in Flugfläche 120 über dem Meer vor der italienischen Küste sah ich dann, dass, wie so oft, Wolken über den Bergen im Norden von Genua aufgezogen waren. Meist war es in der Tiefebene dahinter wieder wolkenlos. Ich flog weiter und geriet in IMC (*instrument metereological conditions*).

Ich überlegte dann, ob nicht doch die Front, die als von Westen her kommend angesagt war, schon da war und über den Alpen stand. Ich beschloss, unsere Ausweichroute in Richtung Westen zu wählen, und war dabei, einen entsprechenden Flugplan in der Luft zu notieren. Über dem Meer in Wolken. Plötzlich gab es keinen Vortrieb mehr, Mp- (*manifold pressure*) und RPM- (Drehzahl) Messer blieben trotz Gasgebens auf niedrigem Niveau. Motorausfall. Benzintankwechsel, Benzineinspritzung, nichts nützte etwas. Der Propeller windmühlte und zwar in *low pitch* (hoher Anstellung). In welcher Entfernung ich mich von der Küste befand, weiß ich nicht mehr. Ich wählte Gen VOR und steuerte diesen Kurs. Bester Gleitwinkel waren circa 80 kn. Um dem Land am nächsten zu kommen. „Mayday!" Von *milano control* kam keine Antwort. Erst nach einer Weile gab man mir einen DME-Anflug auf Genua.

Bei Fl. 100 (10.000 ft) kamen wir allmählich aus den Wolken. Wir sahen nur das Meer unter uns und meine Frau griff schon nach dem Dinghi.

Da sah ich den Flugplatz von Genua links von mir und schaltete auf Genua *approach*.

Zum Glück setzte ich den Anflug sehr hoch an, denn wie ich später erfuhr, bestand ein 30-Grad-Querwind und mein Propeller bremste auch noch mit seiner Stellung. Wir landeten ohne Schwierigkeiten.

Beim Ausrollen jedoch knickte das rechte Hauptfahrwerk ein und wir kamen mit einem Dreher auf dem Gras neben der Bahn zum Stehen.

Alle meine instinktiven Handlungen sind mir nie zu Bewusstsein gekommen. Aber auch Glück muss man haben, um zu überleben.

Wenn wir, wie bei ungünstigen Wetter über den Alpen, die entferntere Westumgehung geplant hätten, wären wir im Wasser gelandet.

Zu unserem weiteren Glück befand sich in Genua die einzige autorisierte Werkstadt für Mooney in Italien. Der Werkstattleiter, ein alter Pilot, fand sofort den Grund: Auf dem vorderen der linken sechs Zylinder lagen alle Teile des Reglers, der völlig demontiert war. Er fotografierte es und ich habe das Bild, Einzelteile und Feder.

Wir flogen mit der Lufthansa nach Hause.

Die Vorgeschichte ist aber ebenso interessant. Der Motor war neun Stunden vor diesem Ereignis generalüberholt worden, neue Zylinder und alles, was dazu gehört, also wie neu. Bei einem Probeflug mit dem

Mechaniker waren lediglich der Landescheinwerfer und die Handhabung der Landeklappen nicht in Ordnung, es wurde behoben.

Der Motorausfall infolge des Zerlegens des Reglers ereignete erst sich nach neun Flugstunden. Dem Geschäftsführer der Firma erstattete ich am nächsten Tag Bericht. Wie es üblich ist, glaubte er an einen Pilotenfehler, sagte es aber nicht.

Als ich ihm die Bilder des zerlegten Reglers auf dem linken vorderen Zylinder zeigte, war er aber zugänglicher. Wie allgemein im erweiterten Handbuch zu lesen, geht der Propeller bei Reglerausfall der Mooney in *low pitch* (geringste Steigung) und der Motor treibt ihn weiter an. Aber er war in *high pitch* (Steilstellung) stehen geblieben und es gab keinen Vortrieb.

Als dann aber der Bericht aus der Werkstatt in Genua kam, schien das Rätsel gelöst.

Bei der Montage des Reglers während der Überholung des Motors war eine Schraube verwendet worden, die abgesägt und dadurch wohl zu kurz war und die sich im Laufe der Zeit herausgedreht hatte. Also neun Stunden danach.

Es war also ein Fehler der Werkstatt. Noch immer war die Firma nicht vom Motorausfall überzeugt. Erst als sie den vollständigen Reglerausfall in einem Probestandlauf simuliert hatten und es zu den erfolgten Auswirkungen kam, waren sie bereit anzuerkennen, den Fehler verursacht zu haben.

Sie entließen den Schuldigen und ein großes Plakat an der Decke der Werkstatt wies fortan auf die lebenswichtige Sorgfalt bei der Arbeit hin.

Warum das rechte Fahrwerk beim Auslaufen eingeknickt war, konnte man nicht erklären. Das Bugrad war wie auch das linke Fahrwerk ausgefahren, so war der Schaden gering.

Ich musste dennoch beim Abholen der Maschine einen Scheck über 20.000 DM bei der Firma in Genua hinterlegen. Nachdem die Rechnung durch die Firma, die den Schaden verursacht hatte, bezahlt war, wurde mein Scheck vernichtet.

Bei schlechtem Wetter flog ich am 6-12-1994 unter Umgehung der Alpen nach Egelsbach.

Berichte über einige Flüge

Am 20-5-95, 3 h 10 min Propriano – Egelsbach, nur *sc.* (*scattered*) über den Alpen, sonst o. k. In Korsika schönes Wetter, aber kühl ohne Sonne.

Wir sind am 28-5-95 in Propriano gelandet, wolkenfreier Flug über die Alpen, allerdings war das Mittelmeer bis vor Korsika 8/8 bedeckt, über der Insel nur wenig tiefe Bewölkung.3hrs 10min bis AJO VOR, VFR Propriano, direkt, wir wollen mal sehen, wie es nach dem Schengener Abkommen geht, Accord de Schengen. Heute ist es bedeckt, 30-5.95.

Am 20-6-95 3 h 10 min Propriano – Egelsbach, nur *sc.* über den Alpen.

Am 22-8-95 nach LFKJ 2 h 45 min IFR, *instrument approach.* Wie gewöhnlich flogen wir weiter VFR nach LFKO, Propriano. Auf den südlichen Hügeln Blitze und wir mussten, des starken Regens wegen, nach der Landung erst noch in der Maschine sitzen bleiben.

Am 10-9-95 wieder nach Ajaccio, nichts mit dem Schengener Abkommen. Rückflug „um die Ecke", 4 h 15 min, auf die Minute exakt in EDFE gelandet, ein Zufall, Gegenwind bis Genf, IFR gecancelt über Ralix. Sprit reichte noch, so ca. 12 Gallonen übrig.

19-10-95 Mit F. Sch. BFR (Zweijahresprüfung). Irritiert hat mich die „Nebelbrille", die ich über die andere zog. Ich musste etwas anderes aufsetzen. Meine Frau hat die Prüfung offensichtlich auch gut gemacht, sie haben mich in Hahn, Flugplatz, ausgeladen. Die Kerle in Hahn ließen mich nicht auf den Platz, um zuzusehen, wie meine Frau landet. Auch nicht auf den Tower. Komische Vögel. Ich wollte parterre durch ein Fenster steigen, öffnete es, da ging ein höllischer Alarm los. Ich sah mich um und fand den Abstellknopf in einem Schaltkasten an der Wand. Der Alarm sistierte.

10-3-96 EDFE – LSGS, 1 h 50 min, Zürich bedeckt bis Will VOR, Sion Cavok (Sichtflugbedingungen).

Einmal ein Bericht über die vielen Orte, die wir anflogen

3-5-96 Mit den Flying Physicians, Einladung in Trier. Trier Föhren 46 nm. Eine eindrucksvolle Stadtführung mit Herrn Kann, seines Zeichens Lehrer in Deutsch und Englisch, archäologisch interessiert. Er fand selbst eine Goldmünze im Wert von 100.000 Mark. Außerdem war dort der Heilige Rock ausgestellt. Eine Unmenge Menschen standen Schlange zur Besichtigung. Ein geistliches Rockkonzert. Dorint-Hotel gegenüber der Porta Nigra. Trier war die größte zivile Stadt seiner Zeit, ich glaube an dritter Stelle hinter Rom und Konstantinopel. 100.000 Einwohner. Was war interessant? Eigentlich die Geschichte und die Einzelheiten, die er uns erzählte über das, was man sah. Das Museum, ein Modell der alten Stadt.

Schlimm die Essen und Weinproben, die jedes Mal Unbehagen hinterließen. Wir sind Vegetarier und essen kein Fleisch, auch nicht, was fliegt und was schwimmt. Rückflug, so kurz, man hätte beinahe mit dem Rad fahren können, zum ersten Mal übrigens Einsatz des *moving terrain* wirklich überzeugend.

20-5-96 Flug nach Korsika, Gewitterfront an der Alpensüdseite, *stormscope* sehr zuverlässig. *Icing, deicing* scheint zu wirken. Man kann ja, wenn es in Betrieb ist, nicht beurteilen wie viel Eis man ohne *deicing* aufgeladen hätte. Küste in Wolken.

Von Propriano nach Bergerac LFBE, Rückenwind, schönes Wetter. Besuch am nächsten Tag, 7-6-96, in Tarbes (Lourdes), als Wallfahrt zu Socata, um die Herstellung der Trinidat zu sehen im Flugzeugwerk, gute Handwerksarbeit.

28-5-97 nach EDMS, Straubing Avionics, PNI defekt, plötzlich funktionierte der PNI wieder. Dafür spielte die LCD-Anzeige nicht mit.

Danach auf nach Le Puy-en-Velay. Dort gab es keine Landeerlaubnis wegen militärischen Übungen. Dort war aber der Zoll vorbereitet.

Des Zolls wegen nach St. Etienne, von da nach Mende, später dann nach Le Puy.

Von nicht so bekannten Orten muss ich doch einiges erzählen, so auch von Le Puy. Für alte Gemäuer habe ich ein Faible, hier sind sie besonders auffällig.

Viele Pilger haben sich auf dem Jakobsweg nach Santiago di Compostella in Le Puy ausgeruht und sicher eine Suppe mit den in aller Welt bekannten einheimischen Linsen gegessen.

Wenn die Pilger Fieber bekamen, wurden sie auf einen kalten langen Stein gelegt, den Fieberstein, der in der Kathedrale tief unter dem Gewölbe kühl lag.

Auf einem der Basaltkegel, die aus der Landschaft herausragen, steht eine Madonna mit dem Jesuskind, das auf dem rechten Arm der Mutter ruht, nicht wie sonst üblich auf dem linken. Die Skulptur ist aus dem Metall (Bronze?) der russischen Kanonen gegossen, die bei der Belagerung von Sewastopol (1854–1855) von britischen, französischen und sardischen Truppen erbeutet wurden.

Auf dem zweiten Kegel eine Kapelle.

Am 1-6-97 wollten alle anderen Piloten schnell nach Hause, Regenwetter in Le Puy, aber zum Glück gutes in Deutschland, nur nicht in Korsika, wohin wir wollten. Zwei Tage Hotel Regina in Le Puy.

Am 3-6-97 dachten wir nach Korsika zu fliegen. Bei strömendem Regen, unter einem Regenschirm, haben wir getankt. Im Radar: Ab der Küste sollte das Wetter gut sein. War aber doch nicht so, ich musste *en route* einen IFR-Flugplan aufgeben, *icing* bei 11.000ft, Korsika: einigermaßen Wetter.

18-6-97 von Ajaccio, LFKJ nach Brindisi, LIBR. 3 h Flug. Mit dem gemieteten Auto machten wir wieder einmal Bekanntschaft mit den italienischen Autofahrern, hier im Süden noch betonter, der Schnellere gewinnt an Kreuzungen und Kreiseln. Wir besuchten Michele, unseren langjährigen Freund in Lecce, dem Florenz des Südens, in seinem alten, palastähnlichen Gebäude.

21- 6-97 Auf dem Rückflug wollten wir in Lugano zum Tanken landen. Nach Milano war das Wetter IMC, also schlecht. Ich plante sorgfältig den Anflug, PINIK-CALDO zwei Punkte zum ILS. Nach PINIK fiel mir ein Unterschied in der Instrumentenanzeige auf. Zwischen dem *localizer* (Richtungsanzeige) und dem Gleitpfad gab es eine Abweichung von 10 Grad. Ich schaltete die rechte Anzeige neu, jetzt war die Differenz der Anzeigen noch deutlicher. Das akute Wetter war auf dem Platz mit heftigem Regen und eingeschränkter Sicht angesagt. Kurz sah man rechts ein wenig tiefer die Bergkuppen. Ich meldete einen Fehlanflug und gab alternativ Mailand an. In einer steilen Kurve mit schnellem Höhengewinn flog ich dann nach Mailand-Linate, jenen Platz, den ich ganz gut kannte.

In Mailand war ebenfalls Regen und weil wir vor der Dunkelheit nicht mehr nach Hause fliegen konnten, besichtigten wir Mailand.

Die Nachprüfung ergab, dass die rechte Anzeige um etwas mehr als 10 Grad von der korrekten linken abwich.

22-8-97 Wir wollten eigentlich nach Korsika, aber über den Alpen ca. 30 nm südlich Zürich fielen alle LED-Anzeigen aus, auch RPM auf

Null und der MP schien auch nicht über 20 zu kommen. Wie ich noch prüfen muss, ob bei ausgefallener Elektrik nicht auch diese Anzeigen ausfallen. Ich nahm beides an, also Ausfall der gesamten Elektrik, alle LEDs ohne Anzeige. Der Motor lief regelmäßig und reagierte. Kurs Norden. Der Handsender lag griffbereit. Jetzt musste ich an diesem die Einstellungen vornehmen und dabei manuell fliegen. Ein Versuch der Verbindung mit Zürich klappte zuerst nicht, dann doch, nach *emergency declaration* ging es, sie gaben mir Vectors zu RWY 28.

Zum Glück hatte meine Frau, sie war auch Pilotin, beim letzten Check mit ihrem Instrukteur das manuelle Ausfahren des Fahrgestells geübt. Mit 25 Handzügen neben den Sitzen konnte man die Räder ausfahren. Landeklappen ließen sich nicht ausfahren, die *speed brakes* hätten funktionieren müssen, ich fuhr sie nicht aus. Im Landeanflug fragte ich den Tower, ob das Fahrgestell ausgefahren sei, er antwortete: „Es scheint so". Die Landung war normal. Die Feuerwehr stand schon an der Piste. Die *communication* war dank des Handsenders möglich, man sollte nie ohne ihn fliegen. Dank des klugen Mechanikers der Jet-Aviation, der sich in der Mooney auskannte, fand man sofort den Fehler nach unserer Schilderung: Ein Kurzschluss des Generators (*alternator*), infolge einer zu kurzen Leitung und nicht erneuerter Schutzkappe des Anschlusses hatte die Leitung bekommen und den Kurzschluss verursacht.

Mit 270 Sfr kamen wir davon und flogen nach Sion.

28-5-98 LFKJ. Wir wollten zu einem Treffen nach Venedig, eine weit reichende Sturm- und Gewitterfront hinderte uns daran. Wir flogen nach Ajaccio, um das Wetter zu erkunden, ob nicht doch noch eine Lücke vorhanden war, und dann zurück nach Propriano.

Die Sicht war miserabel, die Landebahn in Propriano war kaum auszumachen, erst kurz vor Landung zu ahnen, GPS-Anflug, infolge des Starkregens war die Piste nur aus dem Seitenfenster zu sehen, doch wir sind sicher gelandet. *Rain repellent* sollte auf die Scheibe, hätte aber auch nichts genützt.

1-6-98 3 h LFKO nach EDFE.

19-6-98 Berlin. IFR, Tempelhof, teuer. Landegebühr 225 DM, Abstellgebühr pro Tag 15 DM.

Wir sind am 26-8-98 mit einem kleinen Umweg über Straubing nach Korsika geflogen, der Transponder streikte über Heidelberg. Flugs flogen wir zu Hs in Straubing. Der Fehler wurde gefunden, hoher Widerstand der Masse, Herr Sch. fand es schnell und zog eine neue Leitung ein. Herr H. gab uns noch einen anderen X-Ponder mit, falls unserer es doch nicht tun sollte. IFR war sonst nicht möglich. Immer schönes Wetter, Flug über Österreich, Bozen, FL 180, VOG-GEN A9.

Pausenlos nahmen Canadair-Pélican-Flugzeuge im Golf Wasser auf zum Löschen eines Feuers in der Gegend vor Figari und machten mir bewusst, wie selbstverständlich das ist – Superpiloten. Wenn man weiter überlegt: Die Menschen hier am Strand schien das alles nicht zu wundern, eine Folge der Medien, des Fernsehens. Es wird alles immer wieder gezeigt und dadurch zu einer Selbstverständlichkeit, es bleibt keine Bewunderung, schade, ein Stück wesentlicher Menschlichkeit geht verloren –das Sich-Wundern.

Ein Geheimnis, wie auch das der Liebe, geht zugrunde. Das selbstverständlich Gewordene verliert den Reiz und damit macht man sich auch keine Gedanken mehr darüber.

Am 25-8-97 nach LFKJ 2 h 45 min, IFR, *instrument approach.* Wie gewöhnlich flogen wir weiter VFR nach LFKO, Propriano. Auf den umliegenden Bergen der unmittelbaren Umgebung sah man Blitze und wir mussten nach der Landung in der Maschine sitzen bleiben, bis der Regenguss vorüber war.

5-5-2000 mit den „Fliegenden Ärzten" nach Celle, Platz Ahrloh, Gras, 900 m. Es war ein Wellenreiten auf dem Grasplatz, auch beim Start, leider zu wenig Querruder gegeben, ich hatte nicht den Windsack beachtet, etwas nach links abgetrieben. Flug zwischen Cbs mit Anzeige im *stormscope* in 1 h 25 min EDFE.

1-6-2000 Toulouse, Hauptattraktion: Airbus-Werk, gigantische Hallen, Super Guppy, Space Center mit einem Teil der echten MIR, die den Russen als Übungs-MIR auf dem Boden diente.

4-6-2000, LFBO-LFKO. Ich bekomme nach 3 h 40 min die Freigabe zum Start, eine Rekordzeit für einen Slot. Von der Aufgabe des Flugplans vier Stunden bis zur Freigabe, ich flog dann früher VFR; 4.000 ft. Blau.

26-6-2000 Rückflug, LFKO-EDFE, Controller-Streik, VFR bis Tortu. Alpen, *few-scattered.* 3 h 40 min. Corsi, drei Monate alt, zum ersten Mal im Flugzeug mit uns, schläft.

22-7-2000 Nach Graz LWOG. Ich bekam Vektoren zum Anflug, flog aber nicht den angegebenen Kurs, weil ich schon den Standard-Instrumenten-Anflug programmiert hatte, dem der Autopilot folgte, und ich auf dem zweiten ILS nachsah, ob dieser das gleiche anzeigte. Der Kontroller merkte es und ich korrigierte diesen Fehler. Nach der Landung entschuldigte ich mich beim Tower, höflich antwortete dieser, es sei nicht schlimm.

29-7-2000. Rückflug mit TCs über Allersberg, so ein unwissender – ich habe ihn anders bezeichnet – Controller von Nürnberg rügt mich, als ich im *descent* auf 6.800 statt 7.000 ft ankomme, bei teilweise 200 ft/ min Ab- und Aufwinden in dem Moment, in dem ich es korrigiere, um dem Zentrum zu entkommen. Hagel, 0 Grad, aber nur eine kurze Zeit. Ich konnte vorher die Tcs *embedded* sehen und hatte deshalb um *descent* gebeten, kam aber nicht darunter. Nach Nürnberg *canceln* von IFR, um den unwissenden Controllern zu entgehen. Gut in Egelsbach gelandet.

28-8-2000, am 26-8 direkt, 3 h 20 min LFKO, IFR-Dunst in 13.000 ft. Mailänder Tiefebene bis Vico, ein Meldepunkt über dem Mittelmeer, 8 km Sicht. Corsi hat es eigentlich gut gemacht.

9-9-2000, Zurück, Corsi toleriert die O_2-Maske.

26-6-2005 Wir wollten von Korsika zurück nach Egelsbach. Wie üblich hatten wir die Statikleitung entwässert, die vorher wie immer beim Parken verschlossen war. Beim Start keine Geschwindigkeitsanzeige. Zurück, durchpusten, wiederum beim Start keine Anzeige. Statikleitung blockiert. Was tun?

Nun, einfach wäre es gewesen, *Alternate*-Statik zu ziehen und abzufliegen. Da so etwas noch nicht passiert war, hatte ich vergessen, dass es möglich gewesen wäre. Dumm, daran nicht zu denken, abgelenkt durch den Versuch, die Leitung frei zu bekommen. Keine Werkstatt in Ajaccio, nur eine in Bastia.

Ohne Geschwindigkeits- und Höhenanzeige über 10.000 Fuß hohe Berge zu fliegen, mit zwei GPS war es möglich.

Es war einfach. In Bastia konnte man die Blockade beseitigen, ein Probeflug bestätigte dies. Eine Gewitterfront hinderte uns aber daran, direkt nach Hause zu fliegen.

5-5-2005 Letzte Checks mit F. Sch.

Mir fällt gerade noch etwas ein: Wir waren auf einem Flug nach Korsika, hatten die Westumgehung über Montélimar gewählt, als plötzlich in 13.000 ft die Fluggeschwindigkeit langsam abfiel. Wir befanden uns über den Seealpen zum VOR Saint-Tropez. Der Autopilot hatte das Kommando. Normale Reisegeschwindigkeit, 160 kn. Bevor ich die Mindestgeschwindigkeit erreichte, schaltete ich den Autopiloten aus und erhöhte die Drehzahl.

Was war passiert: Offensichtlich hatte uns ein starker abfallender Gegenwind erfasst, der Autopilot wollte die Höhe halten und konnte das nur mit verringern der Geschwindigkeit. Eine alte Regel: Wenn etwas nicht erklärbar ist, zurück zu den Basics.

23-6-2009. Unser Rückflug von Korsika war mit 5 h 20 min der längste und letzte. Gegenwind, IMC, und eine Umleitung durch den Stuttgarter Controller, den ich wegen der Sprit-Kalkulierung bat, mich direkt zu leiten, meiner Bitte kam er nicht nach und brachte mich daher in Gefahr, sozusagen mit dem letzten Tropfen in Egelsbach zu landen.

Ende 2009 haben wir uns überlegt, die Mooney zu verkaufen. In meinem Alter, 81, verging mir ganz einfach die Lust am Fliegen. Medical und Lizenz waren nicht der Grund, diese hatte ich noch immer und es bestanden keine Bedenken, sie nicht noch weiter zu erhalten.

Zum Glück fanden wir einen Nachfolger, uns sympathisch und technisch versiert, sodass es weniger schwer fiel, uns von unserer Mooney zu trennen.

Panel

N 231 AG M20 K 1979

SN.: 25-0062 Engine TSIO-360-G , intercooled !! ATT : 2044hrs. (Gesamtzeit)

2.engine overhauld 1994 :711... hrs. Aircraft :one owner,always hangered,

TKS (full deicing System)

TKS ; year 2004
2 new pumps
2 new tanks,
new Filter

Speed-brakes

standby vacuum

New Paint 2001 ,

Conservation wings and hull ACF 50, 2001.

New interior 2001

Avionics - IFR

Complete new electronic wiring in 2003

KMA 20 Audiopanel ,

KFC 200 Flight Control System,

KAP 200 Autopilot System, Server (Antrieb) neu 2008

KCS 55 A Compass System.

Electr..Horizon

Stormscope WX 1000 + with Nav aid option

II-Morrow Altitrack (Alt. -, DH- , MDA -Warning)

GNS 430 : 2003 mit terrain, autopilot slaved

Separate BACK UP SYSTEM :

TRIMBLE- APPROACH 2000 + autopilot slaved

LOC - GS Indicator

KNS 80 (renewed display)

(Silvercrown Nav-System :Waypoints by DME, Loc / Gs.) Auto slaved.

Kr 87 ADF (relativ new)

KY 197 COM.(renewed display)

KN 62 A (DME- + Kts - Indication.

GTX Garmin Mode S Transponder

ELT 406 (new)

INTERCOM

STOP-WATCH YOKE - mounted

Mobile Equipment .

GPS MAP 695

MOVING TERRAIN 93 (moving map with Data-Base,interface to Trimble.

GARMIN 3 interface to Moving errain

SP 200 NAV - COM - Handheld +battery case

HEADSETS Peltor , Telex

2 SCOTT PORTABLE OXYGEN -CYLINDERS

HEATSHIELDS

JUMP- CABEL

Ausrüstung beim Verkauf

Erst danach merkten wir, wie unendlich groß die Entfernungen jetzt waren, um ein Ziel zu erreichen, die Reisezeit lang. Immer wieder sann ich darüber nach, doch noch einen Flieger zu kaufen, aber die Vernunft behielt die Oberhand.

Flug nach Le Pujols

Pujols ist der Flugplatz von Pamiers. Diese Gegend war der Lebensraum der Katharer im 11. und 12. Jahrhundert. Ich startete in EDFE. Mein IFR-Flugplan endete in LFBO, mein Weiterflug sollte als Sichtflug nach Pamiers- Pujols erfolgen. Es ist nicht weit zu den Pyrenäen. Mein GPS zeigte 20 nm zum Platz. Hier standen plötzlich Cbs, die ich nicht wagte zu übersteigen und ich musste sinken, um sie zu unterfliegen. Unter Bodensicht, die Basis der Cbs war offensichtlich so tief, dass die bewaldeten Hügel mir immer näher kamen und ich plötzlich in den Wolken war. Was man dann tut, ist klar, einen 180-Grad-Turn, um wieder dahin zu kommen, wo man annahm, dass die vorherigen Verhältnisse günstiger sein mussten. Meine Terrainwarnung war vordem in gelber Farbe, ich war mir nicht sicher, ob nicht doch bei einem nicht gleichen Kurs die Hügel höher sein konnten, und stieg in die grüne Zone, die meinem Kurs entsprach. Schon war ich in den Wolken, ich wollte mich gerade an die Kontrolle in Toulouse wenden, als heftige Böen meine Hand vor dem Erreichen des Radioknopfes daran hinderte, und der Hexentanz begann.

Nun hieß es, die Basics des Fliegens zu beachten, das bedeutet Horizont, Geschwindigkeit und Höhe im einigermaßen sicheren Bereich zu halten. Auf- und Abwinde waren so heftig, dass man Mühe hatte, die Höhe zu halten. Ich hatte schon einmal erlebt, dass ich Schalter wegen einer so heftigen Turbulenz nicht erreichen konnte, es war bei einem Abflug aus Innsbruck.

Ich kam und kam nicht aus dem Hexenkessel heraus. Zuweilen hatte ich Bodensicht und versuchte dort, unter die Gewitterwolken zu geraten, denn unter einem Gewitter ist es wahrscheinlicher, davonzukommen. So kurvte ich ein paarmal herum und verlor die Orientierung.

Die Farbe der Terrainwarnung auf dem Garmin war rot und ich sah vor mir eine große Wiese mit hohem Gras. Es blieb keine andere Möglichkeit als zu landen, ich wusste nicht, wie lang die Wiese war, und es ist psychologisch interessant, dass man in solchen Schwierigkeiten den Boden erreichen will, wenn man sieht.

Glück muss man in der Fliegerei auch haben. Die Landung war des hohen Grases wegen extrem kurz. Die Mooney war heil geblieben. Ich konnte aber später nicht von hier starten.

Sonst, wenn ich in meinen Träumen mit der Mascaret flog, gelang es mir immer, unter schwierig erscheinenden Verhältnissen zwischen elektrischen Leitungen, Häusern oder Bäumen, wenn auch mit knapper Not, hochzukommen.

Ich war im Land der Katharer gelandet.

Das Licht scheint in die Finsternis, doch die Finsternis hat es nicht begriffen.

Die Glocken vom Turm der Kapelle des Zisterzienserklosters bei F. schreckten den jungen Novizen Roger aus dem Schlaf, er sprang von seinem Lager aus Stroh neben dem Dormitorium auf, es war der Aufruf zur morgendlichen Messe. Es war doch eigentlich seine Aufgabe, sie zu einzuläuten.

Roger eilte durch den Kreuzgang und sah, wie der alte Klosterbruder Benedikt das Läuten übernommen hatte, der letzte der Benediktiner aus der Zeit, bevor die Zisterzienser das Kloster übernommen hatten. Rogers Versäumnis hatte niemand bemerkt.

Die Brüder eilten über den Klosterhof, der Abt Robert zuletzt, und versammelten sich in der Kapelle. Der Abt rief nach dem Gebet einzelne Mönche zu sich, die in den umliegenden Dörfern den Menschen die Heilige Schrift nahebringen sollten. Außerdem schärfte er ihnen ein, auf Ungläubige zu achten und herauszufinden, wer dem sich verbreitenden anderen Glauben anhing. Die Bewohner konnten, bis auf einige, meist nicht lesen und wenn sie es konnten, durften sie es nicht.

Roger wurmte es, verschlafen zu haben. Er untersuchte den Mechanismus der Wasseruhr an seinem Lager und fand ihn in Ordnung, den Gong, den die fallende Kugel anschlug, hatte er wohl nicht gehört.

Heute sollten zwei Ketzer verbrannt werden, eine Frau und ein junges Mädchen. Der Abt hatte sie heimlich verhört, sie hatten ihrem Irrglauben nicht abgeschworen und nach dem üblichen Gesetz der Inquisition mussten sie sterben.

Roger wurde von Gabriel, der mit Benedikt in der Bibliothek war, mitgenommen, um dem Schauspiel zuzusehen. Der Abt erklärte Roger, die beiden seien aus dem Schlund des Satans gekommen und verbreiteten dessen Irrglauben. Der Scheiterhaufen war in der Nähe des Dorfes V. aufgerichtet.

Benedikt, der alte Mönch, den Roger als seinen Vater ansah, sagte ihm, der Graf von F. werde diese Verurteilung nicht dulden.

Früher, als das Kloster noch den Benediktinern gehörte, habe er als Abt die Ungläubigen nur zu bekehren versucht, sie aber nicht verbrannt. Doch er war jetzt Bibliothekar des Klosters. In einem abgeteilten Bereich der Bibliothek befand sich seine Werkstatt, in der er Sonnenuhren und Kompasse herstellte. Roger half ihm bei der Herstellung der Instrumente, die stetig weiterentwickelt wurden.

Die Verurteilten kamen mit gefesselten Händen auf dem Rücken, Roger hatte erwartet, dass die Frau und das junge Mädchen unter Heulen und Tränen angeschleppt würden, doch sie gingen erhobenen Hauptes. Sie wurden an den Pfählen festgebunden und zwei Männer schickten sich an, die Fackeln an den Scheiterhaufen zu legen, da stürmten zwei Reiter auf den Platz, einer schlug beiden Henkern die Köpfe ab, das Blut spritzte, die Fackeln flogen in die Menge, die laut aufschrie, der andere Reiter band Frau und Mädchen von den Pfählen ab und sie ritten mit ihnen davon.

Gabriel und Roger kehrten in das Kloster zurück und berichteten ihrem Abt, was geschehen war. Der schäumte vor Wut und schrie, er werde denjenigen, der das dem Grafen verraten habe, zur Rechenschaft ziehen.

Er hatte das Autodafé so heimlich vorbereiten lassen, kaum jemand konnte etwas davon erfahren haben. Die beiden Häscher waren gut bezahlt worden und hatten sicher nichts verraten, die Bevölkerung war erst darauf aufmerksam geworden, als der Scheiterhaufen errichtet wurde. Der Graf war nicht da, die Befreiung der beiden hatte sicher seine Gemahlin befohlen, die auch zu den Ketzern gehörte.

Insgeheim verdächtigte der Abt den alten Benedikt, die anstehende Verbrennung verraten zu haben, denn er kannte dessen Ansichten.

Von dieser Verdächtigung hatte Benedikt von einem Mitbruder erfahren und er erzählte es Roger.

Roger meinte, es sei doch richtig, wenn man die Ketzer verbrenne. Es stünde schon in der Bibel, sie seien die Füchse, die in des Herrn Weinberg die Früchte stehlen, und der Abt hätte ihm erzählt, eine berühmte Äbtissin aus Deutschland, Hildegard von Bingen, habe gesehen, wie die Ketzer aus dem Schlund des Satans gekommen seien, und sie habe das dem Abt Bernhard von Clairvaux und auch dem Kaiser Friedrich geschrieben.

Auch habe der Abt Roger aufgefordert, er solle, wohin er auch gehe, ihm melden, wo er Ungläubige vermute. Man könne sie an ihrer Kleidung erkennen. Sie trügen ein gewebtes dunkles Gewand.

Benedikt erklärte ihm, man solle die Ungläubigen bekehren und nicht verbrennen, sie seien auch gläubig. Roger verstand es nicht.

Robert, der Abt, ritt nach Toulouse zum Bischof, um ihm von der verhinderten Verbrennung der Ketzer zu berichten.

Unterdessen wurde Benedikt vermisst, Roger nahm an, er sei auf dem bewaldeten Berg, den krönte ein zerklüfteter Felsen, um dort seine Untersuchungen mit einer tragbaren Sonnenuhr und einem Kompass zu machen.

Auch zwei Glasstücke hatte er immer dabei, die er in Abständen von einander hielt und durch sie hindurch Mond und Sterne betrachtete, die dadurch heller und näher waren. Benedikt ließ Roger den Mond sehen, auf dem, wie auf der Erde, Gebirge aufragten. Er hatte ihn oft begleitet, fand ihn aber dort nicht.

Benedikts Verschwinden war auch dem Grafen zu Ohren gekommen, der die fanatische Verfolgung der Ketzer durch den Abt Robert nicht billigte. Seine Frau hatte durch Benedikt von der bevorstehenden Hinrichtung erfahren und sie verhindert.

Inzwischen hatte man Benedikt am Waldrand unterhalb des Felsens gefunden, sein Schädel war verletzt, es schien, als sei er gestürzt. Roger eilte mit Bruder Bernardus, der mit Medizin gut vertraut war, zu der Stelle wo er lag. Bernardus meinte, nachdem er ihn untersucht hatte, er könne nicht vom Felsen gestürzt sein, dann hätte er sicher noch andere Verletzungen erlitten, und die Schädeldecke wäre abgeschürft und nicht so umschrieben eingebrochen wie sie ist, es müsse ihn ein heftiger Schlag mit einem Gegenstand getroffen haben.

Roger suchte in der Umgebung, ob vielleicht etwas zu finden sei. Ein Stein, ein Knüppel oder Ähnliches. Roger suchte auch vergebens nach dem Kompass und der Sonnenuhr im Ring, die Benedikt sicher bei sich gehabt hatte.

Der laute Ton eines Horns schreckte die Klosterbrüder auf, der Graf kam mit zwei seiner Gefolgsleute in den Klosterhof geritten. Er verlangte den Abt und machte ihn für die versuchte Ketzerverbrennung verantwortlich. Er werde Konsequenzen daraus ziehen und verlangte außerdem die Aufklärung des Mordes an Benedikt, den er vor allem auch seiner wissenschaftlichen Arbeit wegen schätzte.

Das Kloster bekäme das verlangte Land nicht, wenn er den Täter des offensichtlichen Mordes an Benedikt nicht aufkläre. Er kannte den Abt und vermutete, da dessen Plan misslungen war, dass er Rache an dem nehmen würde, der ihn daran gehindert haben könnte.

Roger trauerte um seinen väterlichen Freund. Er hatte ihn in allen Dingen der Zeitmessung unterrichtet, wie man eine Sonnenuhr ausrichtet und mit mit der Spitze des Polstabs den Nordstern anpeilt, wie man diesen auch am Tag vielleicht finden konnte. Man lege sich auf den Rücken, stelle sein rechtes Bein auf, lege die Faust auf das Knie, strecke den Daumen aus und visiere über diesen den Himmel an, indem man das Knie im Halbkreis bewegt.

Zur genauen Zeitmessung mit der Sonnenuhr braucht man die Himmelsrichtung Süd. Um sie zu finden, hatte er in vielen Versuchen einen tragbaren Kompass entwickelt. Er war kleiner als ein Ei. Aus Aix-en-Provence hatte er sich zwei kugelförmige Hälften aus Glas besorgt, sie waren mit Harz aufeinander dicht verschließbar. In einer Flüssigkeit schwamm eine Magnetnadel auf einem Stück Kork, hielt man die Kugel waagrecht, richtete sich die Nadel, die vorher mit Magnetstein behandelt war, nach Norden aus. Die tragbare Sonnenuhr war nicht größer. So konnte man sie immer in die richtige Stellung bringen. Nur Roger kannte die Herstellung der Geräte.

Eine genau gehende Wasseruhr hatte Benedikt mit einem exakten Tropfsystem ausgerüstet. Das Gefäß hing an einem Waagebalken und senkte sich, wenn es mit einer bestimmten Menge Wasser gefüllt war. Der Waagebalken war mit Stundenmarkierungen versehen und hatte eine Kehlung, in der eine Kugel rollen konnte. Befand sich eine gewisse Menge Wasser in dem verschiebbaren Gefäß, neigte sich der Balken, die Kugel rollte und fiel zu der auf der Markierung bestimmten Zeit durch ein Loch auf eine Glocke, die dann ertönte.

Der Graf von F. hatte seinen Vetter und dessen Frau aus Toulouse zu Besuch, mit dem er die Lage besprach, denn es drohte, wie schon öfters, ein Angriff der französischen Krone, geschürt vom Papst, um die

Ketzer zu vernichten, die von den Grafen des Languedoc geschützt wurden. Die Burgen der Katharer, der Ketzer, waren auf den schroffen Felsen fast uneinnehmbar.

Die beiden standen auf der Wehrmauer und überlegten, wie man einer Belagerung am besten standhalten konnte. Entscheidend waren geheime Tunnel nach außen, um im Notfall Nahrungsmittel herbeizuschaffen, und verborgene Brunnen.

In einem Gemach der Burg saßen die beiden Damen und die junge Tochter des Grafen. Die Gräfin erzählte von den beiden Frauen, die verbrannt werden sollten. Sie hatte schnell erfahren, was der Abt beabsichtigte, wer die beiden waren und wer sie gefangen genommen hatte. Ihr war auch bekannt, wer von den Mönchen beauftragt war, Ketzer aufzuspüren.

Die Mönche merkten sich genau, wer nicht den Andachten beiwohnte. So konnten immer wieder die Ungläubigen einer Untersuchung zugeführt werden. Dies versuchten die Adligen der Region zu verhindern. Da die sogenannten Ungläubigen von den Mönchen in ihren Predigten als Kinder des Satans bezeichnet wurden, beteiligten sich auch die Katholiken an der Aufspürung. Wer verbrannt wurde, dessen Eigentum bekam je zur Hälfte der Denunziant und die Kirche.

Roger machte sich Gedanken darüber, warum Benedikt umgebracht wurde und wer der Täter sein könnte. Er sprach mit Bruder Bernardus, der meinte, es gäbe zwei Gründe: Einmal könne ein Wegelagerer ihm aufgelauert haben, um die Sonnenuhr und den Kompass zu stehlen, und zum anderen hätte nicht nur Benedikts Gesinnung hinsichtlich der Katharer einigen missfallen, sondern er war auch hinderlich bei der Vollstreckung der Strafen.

Roger selbst war überzeugt von der Rechtmäßigkeit, die Ungläubigen zu verfolgen und zu bestrafen, in dieser Sache hatte er Benedikt nicht verstanden. Er konnte sich nicht vorstellen, dass man ihn deshalb umgebracht hatte. Zwar wusste er, dass der Abt Benedikt verdächtigte, die Verbrennung der Ketzer verhindert zu haben, indem er wohl in diesem Fall die Gräfin benachrichtigt hatte, und vielleicht hatte der Abt sich gerächt. Doch diesen Gedanken verdrängte er.

Wieder ertönte das Horn, der Graf von F. kam mit drei Reitern in den Klosterhof geritten. Der Abt ahnte, dass er sich wieder verteidigen und berichten müsse, wie weit die Untersuchungen zum Mord vorangekommen sind. Der Abt erklärte, er habe die Ketzerverbrennung nicht ausführen wollen, die Christen der umliegenden Gemeinden hätten es veranlasst, und bei dem Mord an Benedikt handele es sich wohl um einen Raubüberfall, die Instrumente, die er bei sich hatte, seien verschwunden, die Ringsonnenuhr und der Kompass.

Der Graf antwortete, er werde die Täter schon ihrer gerechten Strafe zuführen, darauf könne er sich verlassen. Roger stand im Hintergrund, wie auch Gabriel, der ebenfalls das Verzeichnis von Ungläubigen führte.

Der Graf erkannte Roger als Benedikts Gehilfen wieder. Er fragte ihn, ob er nun selbst Instrumente herstellen könne, er wolle sie gern dem Grafen von Toulouse schenken, der sich sehr dafür interessiere, dieser habe zwar auch Sonnenuhren, aber keine wie die von Benedikt.

Vielleicht könne es ihm gelingen sie herzustellen, war Rogers Antwort. Der Abt war nicht wenig erstaunt, dass der Graf seinen Novizen ansprach und in seinem Kopf gingen die Gedanken hin und her, ob ihm diese Verbindung nützlich sein oder schaden konnte. Roger sollte in Kürze die Weihen erhalten.

Bruder Gabriel war vom Bischof in Toulouse beauftragt worden, Ketzer aufzuspüren, doch er hatte seine Aufgabe nicht zur Zufriedenheit des Bischofs und des Abtes ausgeführt, im Innersten war ihm dies offenbar zuwider. Er war lieber mit Benedikt in der Bibliothek und übersetzte Schriften mit ihm aus dem Griechischen und zeichnete Pflanzen und Tiere.

Der Abt sollte einen neuen Spion in die Dörfer schicken, auf dass er die Mutmaßungen der Mönche bestätige. Roger hielt er für den Richtigen, die anderen Brüder schienen ihm nicht geeignet zu sein.

So bekam er weitere Lektionen, wie er die Ungläubigen erkennen könne: Sie lehnten die Taufe ab, stattdessen legten sie die ketzerische Schrift dem erwachsenen Täufling auf den Kopf, sie äßen kein Fleisch, wo doch die Tiere dazu von Gott bestimmt wären, Frauen verweigerten die Ehe und würden dann mit anderen Männern verkehren, manchmal mit dem Satan. Söhne nähmen ihre Mütter zur Frau und schliefen mit ihnen. Die Priester machten sich die jungen Mädchen mit Hilfe ihrer Schriften hörig, liebten sie und diese warfen sich ihnen selbst noch auf dem Scheiterhaufen in die Arme. Mehrere Frauen nähmen Jungen bei sich auf und schliefen mit ihnen. Roger konnte sich unter manchen Anschuldigungen nichts vorstellen.

So wurde Roger nun zum Aufspüren und Verfolgen der Ketzer beauftragt. Er ging in die Bibliothek, die Gabriel jetzt führte, um das Verzeichnis der mutmaßlichen Ketzer zu holen. Dort fand er den sonst einsilbigen und ernsten Gabriel in einer fröhlichen Stimmung. Er sagte Roger, er sei froh, diese Aufgabe nicht mehr zu haben und sich seiner Arbeit widmen zu können. Das Verzeichnis stünde im Regal.

Roger suchte eine Weile in den Regalen, um die Ketzerliste zu finden. Als er sie herausnahm, fiel ihm die Ringsonnenuhr entgegen, dahinter war der Kompass versteckt. Er unterdrückte einen Ruf des Erstaunens, da sicher Gabriel, der an seinem Pult schrieb, aufgehorcht hätte. Schweigend ging er mit den Instrumenten und dem Verzeichnis in seine Zelle.

Er war wie gelähmt und konnte keinen Gedanken fassen. Nach einigem Überlegen sagte er sich, Gabriel könne Benedikt nicht umgebracht haben, er hatte sicher nicht von dem Versteck gewusst und offenbar lange nichts in das Verzeichnis eingetragen. Aber irgendjemand, der die Bibliothek benutzte, musste die Instrumente dort versteckt haben. Sollte so der Verdacht auf Gabriel gelenkt werden, der Mörder von Benedikt zu sein?

Nur wenige Brüder und natürlich der Abt kamen in die Bibliothek, Gabriel sah es nicht gern und kontrollierte unauffällig, wer hereinkam. Roger war verzweifelt, ihm fehlte sein väterlicher Freund Benedikt.

Zu allen Sorgen fragte ihn der Abt, ob er schon das Verzeichnis studiert habe. Roger fand eine Anzahl von Namen, meist Frauen, Kinder, Jungen ab vierzehn, Mädchen ab zwölf Jahren, weit weniger Männer, dazu auch deren Berufe und Wohnorte. Sie stammten allesamt aus Dörfern, die teils weit mehr als dreißig Meilen entfernt lagen. Er fragte Gabriel, wie er herausgefunden habe, dass sie Ketzer seien, und zählte die Sünden auf, die ihm der Abte genannt hatte. Gabriel antwortete mürrisch, das habe er nicht herausfinden können, aber dass sie keine wahren Christen seien, könne man schon erfahren. Im Übrigen sei jetzt ein päpstlicher Legat zum Bischof auf dem Weg, der die Befragung dann übernehme.

Tatsächlich hatte Robert, der Abt, längere Zeit schon keine mutmaßlichen Ketzer verhört, die ihm von Mittelsmännern hätten gebracht werden müssen. Auch hatten diese keine mehr angezeigt. Selbst überzeugte Ketzer hatte er nicht verbrennen können, wie man gesehen hatte.

Um zu beweisen, dass er sein Amt ausführte, ging Roger nach V., dem nächstliegenden Dorf, und erkundigte sich nach den Leuten, die in Gabriels Verzeichnis standen, um sie auszufragen. Keiner in V. kannte sie.

Er sah einen Mann, dessen Gesicht ihm bekannt vorkam. Es konnte aber nicht einer der Männer sein, die das Mädchen und die Frau zum Scheiterhaufen geführt hatten, denn ihnen war der Kopf abgeschlagen worden. Roger fragte ihn ob er bei der Ketzerverbrennung dabei gewesen sei, nein, allerdings habe sein Bruder dies mit seinem Leben bezahlt, ein Mönch habe verraten, dass die Ketzerverbrennung stattfinden sollte, so seien seinem Bruder und dem Nachbarn am Scheiterhaufen, als sie den Brand legten, von den Reitern des Grafen die Köpfe abgeschlagen worden. Der Mönch habe aber seine gerechte Strafe bekommen, wie er ja wüsste. Roger bat ihn, ihm zu helfen, Ketzer zu finden.

Der Abt ließ in rufen und fragte, ob seine Nachforschungen erfolgreich seien. Roger schilderte ihm, was er alles unternommen hatte und sagte auch, er müsse erst Leute finden, die ihm helfen, Verdächtige zu nennen. Er habe einen Mann gefunden, dessen Bruder bei der Befreiung der beiden Ketzerinnen der Kopf abgeschlagen worden sei, und der meinte, dem Mönch, der es verraten hatte, sei recht geschehen, dass man ihn umgebracht habe.

Er, Roger, glaube aber, dass Bruder Benedikt sicher nichts damit zu tun habe. Der Abt nickte und als Roger fragte, wer ihn denn erschlagen hätte, sagte er, es sei ein Überfall gewesen, um ihm seine Uhr und den Kompass zu rauben. Roger hielt sich mit Mühe zurück, ihm zu sagen, dass er die Instrumente gefunden habe.

Die kleine verwaiste Werkstatt von Benedikt zu betreten scheute sich Roger. So wandte er sich Gabriel zu, gleichsam als Ersatz für Benedikts Gegenwart und dessen Wissenschaft. Gabriel schabte alte Pergamente ab, um sie neu beschreiben zu können. Papier fertigte er selbst an, um darauf zu zeichnen. Er hatte schon eine große Anzahl Pflanzen und Tiere gezeichnet, in den Wäldern fand er alles, was er erforschte. Roger nahm er jetzt öfters auf seine Streifzügen mit.

Auf einem Waldweg nahe der Burg des Grafen kam ihnen eine Reiterschar entgegen, sie wollten sich im Dickicht verbergen, doch es war zu spät. Vor den beiden, hoch zu Ross, der Graf, dahinter seine Frau und die Tochter, den Schluss bildeten zwei Soldaten. Die beiden traten zur Seite, um die Gruppe vorbeizulassen. Der Graf beugte sich herab und erkannte Gabriel und Roger. „Siehe da, da ist ja der Mönch, der unseren Untertanen nachstellt, um sie zu verbrennen, was macht er denn in meinem Wald, und auch der Uhrmacher? Gibt es unter den Tieren auch Ketzer?" Gabriel hielt das Stück Papier in der Hand, auf dem er schon eine Pflanze, den Fingerhut, gezeichnet hatte. „Zeig es mal her! Was ist das für ein Stoff, auf dem du gezeichnet hast", fragte er. „Es ist Papier." Der Graf war sprachlos. „Woher hast du es?" „Ich stelle es selbst her." „Warum hast du mir nichts davon gesagt? Du musst es für mich herstellen!"

Die Gräfin und ihre Tochter sahen die Zeichnung neugierig an. „Eigentlich wollte ich dich, wo ich dich vor mir habe, einkerkern lassen, aber wenn du mir versprichst, keinen Ketzern mehr nachzuspüren, will ich davon absehen. Und du", wandte er sich an Roger, „du bist jetzt Mönch geworden, kannst du mir die Uhr und den Kompass herstellen? Hast du dir keine Gedanken gemacht, wer deinen Lehrmeister erschlagen hat?" Roger suchte nach einer Ausrede, weswegen er die Instrumente nicht herstellen konnte, doch blitzschnell fiel ihm ein, er hatte ja die Instrumente, und sagte, er könne sie bald bringen.

So kamen die beiden mit dem Schrecken davon. Sie erzählten es dem Abt, der meinte, sie seien aber noch glücklich davongekommen, gerade sei ein ankommender päpstlicher Legat, der als Inquisitor in P. tätig sein sollte, samt seinem Begleiter, einem Novizen, wahrscheinlich von Soldaten des Grafen von T. ermordet worden.

Vom Abt bedrängt, musste Roger nun Erfolge in dem Aufspüren von Ketzern vorweisen, er suchte den Mann in V. auf, der bei der Suche unterstützen wollte und gesagt hatte, er kenne einen verdächtigen Mann mit Frau und Tochter, die er ihm zeigen könne, sie seien Weber und hätten überdies Geld. Er und ein Helfer müssten sie aber erst an einem geeigneten Ort stellen, wo man sie ungehindert fesseln könne, um sie ins Kloster zu bringen. Roger fragte ihn, da er doch wisse, dass Benedikt erschlagen worden sei, wer es denn getan habe. Er kenne den Mann aus S., der Näheres dazu wisse, und er würde diesen Mann, der auch beim Aufspüren von Ketzern helfen könnte, herbeiholen, wenn er, Roger, es denn wolle. Erfreut berichtete der junge Mönch seinem Abt, dass er ihm drei Ketzer zum Verhör bringen könne. In V. suchte er nach vier Tagen seinen Helfer auf, bei dem nun auch der Mann war, der über den Mord an Benedikt Bescheid wusste. Doch der wollte nicht mit der Sprache heraus, erst als ihm sein Kumpan sagte, Roger sei eine Art Inquisitor, erzählte er, wie es sich zugetragen hatte. Roger fragte ungeduldig, wann er nun die Ketzer drei mitnehmen könnte.

Er bekam zur Antwort, es sei ihnen noch nicht gelungen, die drei zu fangen, beinahe wäre es geglückt, doch der Mann habe einen anderen zu Hilfe gerufen und so hätten sie die Flucht ergreifen müssen. Er müsse nun sehen, dass er die Frau und das Mädchen allein fände.

Roger dachte über den Bericht des einen Häschers über den Mord an Benedikt nach, er war überrascht, als dieser ihm erzählte, dass auch ein Mönch dabei war.

Die beiden hatten Benedikt aufgelauert und der Mönch hatte mit angesehen, wie dieser erschlagen wurde. Die Instrumente hatte der Mönch mitgenommen. Er konnte es nicht glauben. Aber warum sollte der Mann ihm ein Märchen erzählt haben? Die Instrumente hatte er ja gefunden. Wer war der Mönch?

Roger wusste nicht mehr, was er machen sollte. Sollte er seine Aufgabe nicht mehr erfüllen, die Instrumente, die er nicht hergestellt hatte, dem Grafen bringen und ihm sagen, er könnte herausfinden, wer Benedikt erschlagen hatte? Inzwischen fragte der Abt ungeduldig, wann er denn die Abtrünnigen brächte, so musste Roger wieder in das Dorf. Sein Helfer sagte, der Ehemann sei nicht zu Hause, seine Frau und Tochter würden sie dann fangen, wenn diese aus dem Dorf gingen.

Wer seiner Brüder konnte dabei gewesen sein, als Benedikt ermordet wurde? Er machte sich Gedanken über einen jeden der neun und kam zu dem Ergebnis, keinem seiner Brüder dies zuzutrauen. Er fragte seinen Abt, ob er dem Grafen die Instrumente bringen sollte, die dieser gewünscht hatte, und ob er in die Werkstatt Benedikts gehen dürfe, um zu sehen, ob noch fertige Instrumente da seien. Er fand daraufhin dort Teile, die noch zusammengesetzt werden mussten, und sagte dies dem Abt.

Der Abt sagte zum Erstaunen von Roger, er habe auch noch Instrumente von Benedikt, die er dem Grafen bringen könne. Aber als Roger zu ihm kam, um sie zu holen, sagte ihm der Abt etwas verstört, er könne sie nicht finden.

Roger erzählte Gabriel, dass er dem Grafen die Sonnenuhr und den Kompass bringen wolle, er müsse aber zuerst die Einzelteile in Benedikts Werkstatt noch zusammensetzen. Er erzählte ihm auch, der Abt würde ihm gern seine Sonnenuhr und seinen Kompass geben, um sie dem Grafen zu bringen, doch könne er die Instrumente leider nicht finden.

Gabriel wunderte sich, dass der Abt in den letzten Tagen öfters bei ihm in der Bibliothek war und viele Bücher ansah und sich nach dem Ketzerverzeichnis erkundigt hatte. Er fragte Roger, ob er dem Abt denn nicht gesagt habe, dass er das Verzeichnis nun hätte.

Roger bekam Angst bei dem Gedanken, zum Grafen zu müssen, Gabriel meinte, ihm würde schon nichts Böses geschehen, denn gegen die Mönche hätte der Graf nichts, nur der Abt hätte ihn zu fürchten. In seiner Zelle überdachte Roger noch einmal, was Gabriel ihm erzählt hatte, und auf einmal wurde ihm klar, nur Robert, der Abt, konnte dabei gewesen sein, als Benedikt erschlagen wurde.

Bedrückt von diesem Gedanken, machte er sich daran, in Benedikts Werkstatt so zu tun, als ob er eine neue Sonnenuhr und einen Kompass herstellte. Meist saß er aber in Gedanken da und grübelte über das nach, was er herausgefunden zu haben glaubte. Er hatte keinen Menschen, dem er diesen schrecklichen Verdacht erzählen konnte, denn Gabriel einzuweihen, traute er sich nicht.

Nach einer Woche sagte er dem Abt, er hätte die Instrumente fertig und wolle sie ihm zeigen. Was aber Roger erst jetzt bemerkte, waren Tropfen alten Blutes auf dem Ring der Sonnenuhr, er wischte sie weg. Der Abt sah sich die Sonnenuhr von allen Seiten genau an, entsetzt erkannte Roger, dass immer noch Blut daran klebte und der Abt auch mit dem Finger darüberstrich. Hatte der Abt jetzt erkannt, dass es sich um die Uhr handelte, die Roger bei Benedikts Leiche gesucht hatte? Der Abt sagte, er solle die wertvollen Geräte gut einpacken und sie dem Grafen mit einer Empfehlung überreichen.

Bevor er sich auf den Weg machte, meldete der Pförtner, eine Ketzerin sei mit ihrer Tochter von zwei Männern an die Pforte gebracht worden. Sogleich ließ der Abt die beiden in eine Zelle neben der seinen bringen. Roger sah verborgen im Kreuzgang zu, es bereitete ihm keine Freude, es zu sehen, in tiefstem Herzen empfand er eher Scham. Der Abt belohnte die Häscher mit zwei Geldbeuteln und bat sie in seine Zelle. Roger verabschiedete sich vom Abt, der ihm zu dem Fang gratulierte.

Gabriel bot sich an, ihn zu begleiten, um auf dem Weg vielleicht neue Pflanzen oder Tiere zu entdecken. Roger war durch die Vorkommnisse so verzweifelt, dass er unterwegs Gabriel sein Herz ausschüttete und ihm all seine Vermutungen erzählte. Gabriel erschrak über diese Beichte und nach einiger Zeit meinte er, Roger sei in großer Gefahr, wenn der Abt wirklich bemerkt habe, dass es die in der Bibliothek versteckten Instrumente von Benedikt waren, der er nun zum Grafen bringe, denn dann könnte der Mordverdacht auf den Abt fallen. Andererseits wusste der Abt nicht, dass Roger bekannt war, wie der Mord sich ereignet hatte. In Gedanken versunken gingen die beiden weiter. Als Gabriel sich bückte, eine Pflanze betrachtete und sie gerade zeichnen wollte, war Roger schon ein paar Schritte vorausgegangen.

Da hörte Gabriel ihn schreien und sah, wie ein maskierter Mann ihm den Beutel mit den Instrumenten entreißen wollte, während der andere mit einer Hacke ausholte, um ihn zu erschlagen. Gabriel stürmte schreiend mit seinem Spaten hinzu, die beiden ergriffen bei seinem Anblick die Flucht. Erschrocken setzten die beiden sich an den Wegrand. Sie überlegten, wer die Wegelagerer waren und was sie wollten. Gabriel war überzeugt, man habe Roger zum Schweigen bringen wollen. Betrübt gingen sie weiter. Gabriel sagte, er werde am Waldrand am Felsen zur Burg auf seine Rückkehr warten.

Roger stieg den steilen gewundenen Weg zur Burg auf, die Fallbrücke war oben. Eine Stimme fragte in barschem Ton: „Was will der Kuttenträger hier!" Roger sagte, er habe die vom Grafen gewünschten Instrumente. Offensichtlich erinnerte sich der Wächter an Benedikt und ihn, die Brücke senkte sich und Roger trat zögernd in den Burghof. Ein Knappe in seinem Alter führte ihn die steinerne Wendeltreppe des Turms hinauf in ein großes Zimmer mit gewebten Teppichen an den Wänden und auf dem Boden. Die Gräfin saß mit ihrer Tochter am Kamin, der Graf an einem großen Tisch.

Roger verbeugte sich und hielt den Beutel mit den Instrumenten dem Grafen entgegen. Der stand auf und klopfte Roger sanft auf die Schulter. „Schön, dass du mir die Uhr und den Kompass bringst", sagte er, ging an ein Regal und kam mit ähnlichen Gegenständen zurück und legte sie auf den Tisch zu den anderen, sie waren kaum zu unterscheiden. Neugierig kam die Tochter hinzu, der Graf sagte: „Du kennst doch den Gebrauch, geh mal mit zum Fenster". Dabei sah das Töchterlein Roger so an, dass er errötete. Die Gräfin war auch hinzugekommen und bemerkte seine Verlegenheit. „So ein hübscher Junge in einer Kutte", wandte sie sich an ihren Mann. Die Tonsur betonte noch sein feingeschnittenes Gesicht mit den dunklen Augen.

Der Graf nickte, irgendwie erinnert mich sein Gesicht an jemanden, dachte er bei sich, aber er war ja schon als Novize mit Benedikt hier gewesen.

„Hast du nun die Uhrzeit bestimmt", rief er seiner Tochter zu, die war auf die Balustrade gegangen, ihr rotes Haar leuchtete in der Abendsonne. „Ja, rief sie zurück, fünf Uhr!". Ein „Gut!" entschlüpfte Roger, der jetzt tiefrot anlief. „Und du hast das Instrument gebaut?", sie kam auf ihn zu, ganz dicht, und blickte ihn an. „Nein", entgegnete Roger, „es war mein Meister Benedikt, ich habe ihm nur geholfen."

Das war das Stichwort für den Grafen. „Ich nehme an, es lässt dir keine Ruhe, wer ihn ermordet hat." Mutter und Tochter hatten sich wieder an den Kamin gesetzt, beide blickten auf Roger, offensichtlich unterhielten sie sich über ihn.

Augenblicklich kam ihm das eben Erlebte in den Sinn, die Bedrohung seines Lebens, die Vermutung, dass der Abt die Ermordung Benedikts veranlasst hatte und was damit im Zusammenhang stand. Die freundliche Aufnahme, die er wider Erwarten gefunden hatte, und sein aufgewühlter Gemütszustand ließen ihn alles erzählen. Der Graf, die Gräfin und ihre Tochter, die sich neben ihn auf die Bank gesetzt hatte, hörten gespannt zu, er sprach ohne Unterbrechung. Am Ende sank er ermattet in sich zusammen.

Ein Diener wurde gerufen, der Wein brachte. Der Graf fand zuerst die Sprache wieder: „Es freut mich, dass du herausgefunden hast, wie dein Meister umgekommen ist, den Mann werden wir finden, doch deinen Abt können wir nur als Anstifter betrachten, es war wirklich Benedikt, der die armen Verurteilten vor dem Scheiterhaufen gerettet hat, indem er meiner Frau von der bevorstehenden Verbrennung berichtete.“ Roger war sich nicht im Klaren, ob er richtig gehandelt hatte und betrachtete zum ersten Mal die Gräfin und ihre Tochter, sie trugen die langen einfachen dunklen Gewänder, wie sie ihm der Abt als Tracht der Ketzer beschrieben hatte.

Er verabschiedete sich mit einer Verbeugung. Der Graf dankte ihm für die Instrumente und sagte, er solle dem Abt Robert sagen, er würde schon erfahren, wer Benedikt erschlagen hätte. Die Gräfin nickte ihm freundlich zu, die Tochter reichte ihm zutraulich ihre Hand, was der Mutter nicht zu entgehen schien, denn sie sagte: „Na, na, na“, sie hatte wohl bemerkt, dass Roger ihrer Tochter gefiel.

In Gedanken ging er den steilen Weg hinunter, er dachte an das Töchterlein mit dem roten Haar und daran, dass sie und ihre Mutter wie Ketzer gekleidet waren, sie mussten wohl die Füchse sein, die nach der Bibel in des Herrn Weingarten die Trauben stehlen.

Er traf Gabriel, der sich darüber wunderte, wie lange der Besuch gedauert hatte, es hätte ihn beunruhigt. Roger erklärte ihm, er habe auch der Tochter und der Gräfin die Handhabung von Sonnenuhr und Kompass zeigen müssen, der Graf besitze ein älteres Exemplar, das neue sei genauer in der Anzeige.

Ins Kloster zurückgekehrt, berichtete Roger dem Abt, er erzählte, man habe ihn und Gabriel überfallen, wohl um den Kompass und die Uhr zu rauben. Der Abt wunderte sich nicht und sagte, das sei Benedikt wohl genauso ergangen. Außerdem, berichtete Roger weiter, habe der Graf nachgefragt, wie weit des Abtes Untersuchungen hinsichtlich des Mordes an Benedikt gediehen seien, der Graf, würde sich jetzt darum kümmern und die Leute in den umliegenden Dörfern ausfragen. Der Abt schwieg.

Am nächsten Tag rief der Abt Roger zu sich und sagte, er solle dabei sein, wenn er die ketzerische Frau und das Mädchen verhöre, um zu erfahren, wie ein Verhör vonstattengehe. Des Abtes Zelle war durch eine Tür mit dem sogenannten Kerker verbunden, der eigentlich eine Mönchszelle war. Eine Pritsche mit Stroh, ein Pult vor dem Kruzifix, davor die Bank zum Knien. Ein Tisch, darüber das Bild Marias.

Robert schloss die Zelle auf und holte die Mutter und das Töchterchen herein. Sie waren beide mit dem dunkelgrauen, von den Schultern bis auf die Waden herabfallenden Gewand aus grobem Stoff gekleidet. Robert führte zu der Bank, die gegenüber seinem Tisch stand. Roger saß auf einem Stuhl neben dem Abt, er hatte noch nie zwei weibliche Wesen ungestört betrachten können. Die Mädchen und Frauen aus den Dörfern wagte er nicht so genau anzusehen.

Die Körper der Jungfrau Maria und der Engel, die er neugierig auf den Bildern in den Büchern der Bibliothek länger angeschaut hatte, waren unter den schwarzen Gewändern nur zu ahnen. Bei den beiden Gefangenen vor ihm waren die Körper zwar auch verhüllt, doch bei Bewegungen zeichneten sich ihre Formen doch lebendig ab, runder und größer bei der Mutter, kleiner bei ihrer Tochter, zumal der Stoff jetzt, im Sommer, recht dünn war. Dazu kam, dass die Kleider beim Sitzen ihre Waden entblößt hatten.

Der Abt begann zu fragen: „Mir ist zu Ohren gekommen, dass ihr nicht in die Kirche kommt und andere zu euch predigen. Ist das so?“ Die Frau schwieg, ihr Gesicht verriet nicht, ob sie Angst hatte oder nicht. Der Abt, an das Mädchen gewandt: „Sag du mir mal, ob es stimmt!“ Das Kind warf seiner Mutter einen ängstlichen Blick zu. „Das Kind wird euch nichts sagen und ich will es nicht, mein Mann wird dem Grafen schon Bescheid sagen, dass ihr uns hier eingesperrt habt, er kennt auch die beiden Männer, die auf euern Befehl uns gefesselt haben, wir haben keine Angst."

Die Frau stand ohne Hast auf, nahm ihr Töchterchen bei der Hand und ging zur Tür. Der Abt befahl Roger: „Halt sie auf!" Roger sprang zu der Frau, sie prallten aufeinander, er hielt den Arm der Frau fest umfasst, der Abt wies Roger an, sie zurück zur Bank zu führen, sie widersetzte sich zuerst, dann schien ihre Kraft nachzulassen und sie ließ sich wieder zur Bank zurückführen.

Sie hatte ihr Töchterchen losgelassen, Robert hatte die Tochter gefasst und auch auf die Bank gesetzt. Roger war von den Vorgängen überrascht, der Abt offensichtlich auch. Er beendete das Verhör. Sie sollten wieder in ihre Zelle zurück, befahl er der Mutter. Die Mutter wollte es nicht. Während das Mädchen noch dastand, fasste Robert die Mutter, er war der Stärkere und es gelang ihm, sie in ihre Zelle zu schleifen, die Tochter folgte ihr freiwillig. Der Abt verschloss die Tür und sagte zu Roger, so widerspenstig hätte er noch keine Ketzerin erlebt, morgen werde er das Verhör fortsetzen.

Roger verließ völlig verstört den Abt, zu viele Eindrücke waren auf ihn eingestürmt. Mit aller Kraft versuchte er die Empfindungen zu unterdrücken, die der Körper der Frau in ihm verursacht hatte, als er ihren sich windenden Körper an sich spürte und auch, als sie sich dann widerstandslos seinen Armen überließ.

In der Bibliothek hatte er die Übersetzungen Gabriels vom Griechischen ins Lateinische gelesen, dabei war auch in einem Lied die Schönheit der Mädchen gepriesen und in anderen Schriften der Umgang von Männern mit Frauen beschrieben.

Die Mitternachtsmesse war vorbei, er konnte nicht schlafen. Sehnsüchtig überlegte er, wie er der Frau nahe sein konnte. Der „Kerker“ hatte ein Fenster nach außen, möglicherweise könnte er sich bemerkbar machen, er war fest entschlossen, die beiden herauszubekommen. Aber die Mauer befand sich genau auf einem Felsenabhang, er verwarf den Gedanken, es war zu gefährlich, man konnte leicht den Felsen hinunterstürzen. Vielleicht aber war es möglich, durch die Zelle des Abtes zu den beiden zu gelangen. Leise ging er zur Zelle des Abts, zu seiner Überraschung war sie nicht verschlossen, der Abt war nicht da. Er machte er sich keine Gedanken, wo er sein könnte.

In der Zelle hörte er hinter der Tür zum Kerker unterdrücktes Geschrei, Ächzen, schweres Atmen, wie von zweien, die miteinander rangen. Er wollte die Tür öffnen, doch der Schlüssel steckte nicht im Schloss. War da der Teufel eingedrungen und kämpfte mit der Frau? Es wurde still. Er lauschte angespannt, durch einen kleinen Spalt an der Tür konnte er nicht viel sehen. Wieder ertönte ein lauter Schrei und danach Gewimmer. Plötzlich fiel ihm ein, dass der Abt vielleicht hereinkommen könnte, und er schlich vorsichtig davon.

Wirre Gedanken ließen ihn nicht schlafen, er schreckte auf, er musste die Glocke zur Chormesse läuten. Alle waren bei der Zeremonie versammelt, auch der Abt. Erst wollte er ihn erzählen, was er gehört hatte, als ihm einfiel, dass er es nicht konnte, weil er doch unerlaubt in dessen Zelle gewesen war. Der Abt bat einen Laienbruder, den beiden im Kerker essen zu bringen, aber er solle vorsichtig sein, dass die beiden nicht herausliefen, er solle sorgfältig abschließen. Roger wunderte sich, dass der Abt nicht mit seinem Verhör weitermachte. Er wollte ihm sagen, dass er sich auf den Weg mache, die beiden Häscher zu treffen, um zu erfahren, wer der Mann dieser Frau sei. Roberts Zelle war verschlossen, er hörte

Poltern, als wenn Tisch und Stühle umfielen, und Stimmen. Als er klopfte, war es still.

Roger fragte Gabriel, ob er mitginge, er wollte die beiden Männer treffen, die die Ketzer gebracht hatten, um vielleicht den Mann der Frau zu finden. So gingen die beiden nach V. Auf dem Weg berichtete Roger, was sich beim ersten kurzen Verhör ereignet hatte; so seien die Ketzer, sie hätten keine Angst, meinte Gabriel, aber wenn sie ihren Irrweg nicht einsähen, müssten sie eben brennen.

Sie trafen die beiden Häscher nicht an. Gabriel musste am nächsten Tag in V. den Gottesdienst halten, er besuchte einen Messdiener im Haus von dessen Eltern. Roger fragte bei dieser Gelegenheit einige Dorfbewohner im Dorf nach Namen, die er im Verzeichnis von Gabriel gefunden hatte, keiner jedoch kannte sie. Plötzlich bemerkte er eine Frau, die die gleichen Kleider trug, wie die Gräfin und ihre Tochter. Das war eine Ketzerin, er musste sie fangen. Ehe er sie einholen konnte, war sie in einem Haus verschwunden. Er merkte sich das Haus, er wollte Gabriel zu Hilfe holen, um die Ungläubige mit ihm zu verhören. Schnell ging er zu dem Haus des Messdieners, die Haustür war verschlossen. Er wartete vor der Haustür. Nach einer Viertelstunde erschien Gabriel, im Hintergrund nahm Roger flüchtig das Gesicht eines jungen Mädchens wahr. Gabriel sagte, er habe alles erledigt. Roger sagte ihm, er habe eine Ketzerin gesehen, die in einem Haus verschwunden sei, sie sollten sie herausholen und befragen. Gabriel riet davon ab, als Roger ihm das Haus zeigte, es seien sicher die Männer zu Hause, denn die seien Weber, die Häretiker würden sie zwar nicht töten, doch würden sie nicht zulassen, dass wer auch immer von ihren Glaubensbrüdern und -schwestern mitgenommen würde; Roger und er würden auch dem Grafen gemeldet werden, der sie dann, wie er wüsste, wenn auch nicht öffentlich, doch heimlich von seinen Knechten verprügeln ließe.

Am späten Nachmittag rief der Abt Roger zu sich. Er, Robert, habe von der Frau erfahren, dass Satan sie im Kerker besucht habe; als er ihr beiwohnen wollte, habe sie sich heftig gewehrt, doch es nicht verhindern können, dann habe er das gleiche mit dem Töchterchen gemacht. Robert drohte ihnen, sie hätten den Samen des Satans empfangen und würden Teufelskinder zur Welt bringen, sie könnten das verhindern, wenn sie zum rechten Glauben zurückzukehrten. Er müsse ihn, Roger, zum Zeugen haben, wenn sie dem falschen Glauben abschwören.

Er schloss die Tür auf, die beiden kamen herein. Beide sahen elend und betrübt aus. Der Abt begann: „Wie ich hörte, wollt ihr beide zum rechten Glauben zurückkehren, wenn ihr das wollt, antwortet mit Ja." Sie antworteten mit leiser Stimme: „Ja!" Robert: „Dann lasse ich euch jetzt gehen, zieht zu Hause andere Kleider an, geht morgen gleich in die Kirche, einen unserer Brüder werdet ihr da finden, und tut die Buße, die er euch auferlegt. Bruder Roger kann euch ins Dorf zurückbegleiten."

Die beiden waren so erleichtert, dass sie aufsprangen. Roger ging hinter ihnen durch die Pforte. Mutter und Tochter gingen Hand in Hand. Nach einer Weile merkte Robert, wie zuerst die Mutter, dann das Töchterchen zu weinen begann, das in Schluchzen überging. Sie konnten sich nicht auf den Beinen halten und setzten sich an den Wegrand. Robert stand völlig ratlos vor ihnen, sie sahen ihn aber gar nicht an und beruhigten sich erst langsam. Sie machten keine Anstalten, weiterzugehen. Es blieb ihm nichts anderes übrig, als sich neben sie zu setzen.

Noch hilfloser fühlte er sich, als die beiden sich vor Erschöpfung auf der Böschung niederlegten. Er wusste nicht, was er machen sollte, sie aufmuntern weiterzugehen oder sie noch ruhen lassen? Jetzt konnte er ungestört die Formen betrachten, die er an jenem Abend gefühlt hatte. Doch ein Verlangen wie an jenem Abend regte sich nicht. Wie konnte er sie nun zum Weitergehen veranlassen? Zu seiner Erleichterung erhob sich die Mutter und zog ihre Tochter hoch, dabei verrutschte das Kleid des Kindes und er sah flüchtig, was er immer nur geahnt hatte. Erst jetzt schienen die beiden ihn wahrzunehmen. Sie sahen ihn offen und ohne Feindseligkeit an, sie waren froh, nach Hause zu kommen. Sie setzten mit ihm schweigend den Weg fort und drehten sich manchmal nach ihm um. Er überlegte, wie der Teufel mit ihnen gerungen hatte und wie sie sich gewehrt hatten. Mittlerweile waren sie am Dorfrand von V. angekommen. Er sah Reiter im Dorf und traute sich nicht, weiter mitzugehen.

Die beiden wandten sich um und als sie sahen, dass er ihnen nicht folgte, gingen sie weiter. Auf dem Rückweg ließ ihn die Erinnerung an die beiden nicht los, obwohl er heftig den Gedanken verdrängen wollte. Endlich, nach dem er inbrünstig gebetet hatte, davon befreit zu werden, verschwand das Bild.

Nach der Messe nahm ihn der Abt beiseite. Er wollte wissen, ob er die beiden ohne Zwischenfall ins Dorf gebracht habe und ob sie etwas gesagt hätten. Mutter und Tochter hätten nichts geäußert, sagte Roger, hätten aber rasten müssen, so erschöpft seien die beiden gewesen.

Bei den beiden, sagte der Abt, habe er sich das Verhör sparen können, aber er wolle ihn, Roger, unterweisen, wie es ausgeführt werden soll. Wenn ein Ketzer von einem Zeugen, der nicht genannt werden dürfe, angegeben und dem Untersucher vorgeführt werde, solle man ihn Folgendes fragen:

ob er an Gott, den allmächtigen Vater, und den Sohn und den heiligen Geist glaubt und dass es in dieser Trinität nur einen einzigen Gott gibt,

ob der Satan und alle bösen Geister vom allmächtigen Gott in die Hölle geschickt und nicht erlöst werden können,

ob das Alte und das Neue Testament beide gut sind,

ob die Taufe kleiner Kinder mit Wasser und den richtig gesprochenen Worten und nicht anders vorgenommen werden darf,

ob nur ein Priester die Bekennung der Sünden entgegennehmen darf,

ob keiner gerettet werden kann, außer demjenigen, der dem Papst und den anderen kirchlichen Würdenträgern gehorsam ist,

ob Jesus Christus wahrer Gott ist, Fleisch und Mensch wurde und Maria stets Jungfrau blieb, vor der Geburt und nach der Geburt.

Man könne noch weitere Fragen stellen, doch diese genügten, um den Ketzer zu überführen, wenn er sie nicht bejahte. Man frage ihn noch, ob er seinem Glauben abschwöre.

Weil Gabriel am nächsten Tag die Messe in V. lesen sollte, sagte ihm Roger, dass die beiden bekehrten Ketzerinnen von ihm ihre Buße erwarten würden, wie es ihnen der Abt aufgetragen habe. Er erzählte Gabriel, die beiden Ketzerinnen seien wohl vom Teufel in ihrem Kerker besucht worden und aus Angst, Teufelskinder zu bekommen, hätten sie dem Irrglauben abgeschworen. Er sei zufällig in der Zelle des Abtes gewesen, der nicht da war, und hatte gehört, wie die beiden sich gegen den Teufel mit lautem Jammern und Stöhnen zur

Wehr gesetzt haben. Auf Gabriels Gesicht meinte Roger ein flüchtiges Grinsen zu bemerken und fragte ihn, ob er das etwa nicht glaube. Gabriel sagte, es sei nichts neues, der Teufel habe schon viele Male Ketzerinnen heimgesucht, die dann Angst gehabt und zum rechten Glauben zurückgefunden hätten. Robert, der Abt, habe dies schon mehrere Male erlebt. Die Frauen und Mädchen hätten dann normale Kinder geboren, als Beweis ihrer Abkehr von der Ketzerei.

Roger war neugierig und fragte Gabriel, ob er ihn zur Messe in V. begleiten könne, um zu sehen, ob die Frau und ihre Tochter zur Beichte kämen. Gabriel war offensichtlich nicht erbaut von dem Vorschlag, sagte aber nichts.

Roger erschien am nächsten Morgen nicht zu Frühmesse, er lag in seiner Zelle, er hatte ein Brennen im Mund, krümmte sich vor Bauchschmerzen, seine Zunge konnte er kaum bewegen und er klagte über ein taubes Gefühl in den Füßen. Bruder Bernardus flößte ihm gerade ein schwarzes Gebräu ein, als Gabriel eintrat.

Er fragte Bernardus, was Roger fehle und war im Inneren erschrocken, denn er dachte daran, dass man ihm schon einmal nach dem Leben getrachtet hatte, was konnte dahinterstecken? Bruder Bernardus meinte, er könne etwas getrunken haben, was er nicht vertragen hätte, so sähe es aus. Bernardus hütete auch den Klostergarten und kannte sowohl die heilende, wie auch giftige Wirkung der Pflanzen, auch in der Umgebung, oft hatte ihm Gabriel Pflanzen gezeichnet, damit er sie leichter wiedererkennen konnte. Betrübt machte Gabriel sich auf den Weg nach V.

Zurückgekehrt ging er voll Sorge zu Roger, der lag nun apathisch auf seinem Strohsack, als er Gabriel sah, ging ein Lächeln über sein

Gesicht, als freute er sich, ihn zu sehen. Gabriel ließ es keine Ruhe, er ging zu Bernardus und bat ihn, doch einmal seine Zeichnungen zu durchsuchen, er solle sagen, welche Pflanzen er für giftig halte. Bernardus zeigte ihm einige, Gabriel erinnerte sich, gelesen zu haben, dass ein griechischer Philosoph auch vergiftet worden war, mit ähnlichen Symptomen, doch er kannte nicht den Namen der Pflanze. Auch Bruder Bernardus wusste nicht, welche es sein konnte, die die Beschwerden von Roger verursacht hatte. Er selbst hatte manche aus Neugier, um die Wirkung zu kennen, probiert, aber nur in winzig kleinen Mengen, er merkte sich die Beschwerden oder Erscheinungen. Er hatte erfahren, dass mit pulverisiertem, verkohltem Holz in Flüssigkeit viele Magenschmerzen verschwanden. Bernardus hatte sich wohl weiter mit der Frage beschäftigt, was Roger denn genommen hätte, und ihm fiel ein, dass der Saft der Pflanze, mit der der Grieche sich vergiftet hatte, auf die Haut aufgebracht Schmerz verhindere und dass einige Heilige ihn auf ihre sie aufregenden Körperteile strichen, um die Fleischeslust zu beherrschen. Die Pflanze könnte es gewesen sein, die Roger zu sich genommen habe, teilte er Gabriel mit. Allmählich ging es Roger besser.

An einem Nachmittag kam der Graf in den Klosterhof geritten, ihn begleiteten vier Reiter, zwei von ihnen hatten einen Mann gefesselt zwischen sich. Roger, noch schwach, unsicher auf den Beinen, ging über den Klosterhof und sah, wie Robert, der Abt, vorsichtig hinter einem Pfeiler hervorlugte und verschwand. Roger begrüßte den Grafen mit einer Verbeugung, bei der seine Beine zu versagen schienen, er fiel nach vorn. Mühsam stand er wieder auf. Der Graf, der sich vom Pferd beugte, erkannte Roger, er war erschrocken über dessen hageres, bleiches Gesicht: „Was ist mit dir?“ „Ich war krank“, antwortete Roger. Als Gabriel, der sich nahe der Pforte befand, sah, wie Roger stürzte, eilte er hinzu und stützte Roger. Der Graf sagte: „Ruft den

Abt!“ Langsam gingen die beiden, um Robert Bescheid zu sagen. Der Abt trat gemessenen Schrittes vor den Grafen.

Der Graf: „Herr Abt, hier habe ich den Mörder von Bruder Benedikt, der behauptet, ein Mönch hätte ihm den Auftrag gegeben und wäre dabei gewesen, lasst alle eure Brüder heraustreten, er soll den zeigen, der dabei war!“ Alle neun Mönche hatten sich aus Neugier versammelt. Zu dem Gefesselten: „Erkennst du einen unter diesen?“ „Nein erwiderte er, wir trafen uns im Wald, es war schon dunkel, mein Bruder hatte mich dazu überredet, weil mein ältester Bruder umgekommen war, dieser Mönch hatte die Verbrennung verraten, der sollte das büßen.“ Der Graf: „Es wäre für dich besser gewesen, du hättet den gefunden, der dich zum Mord angestiftet hat, ich hätte dir den Galgen erspart, eine Galgenfrist hast du noch, wenn du es herausfindest, vielleicht sagt dein Bruder, wer der Mönch war!“ Er wendete sein Pferd und ritt mit seinem Gefolge davon.

Jetzt wussten alle Brüder, dass Benedikt im Beisein einer ihrer Brüder ermordet worden war. Jeder machte sich Gedanken, aber keiner unterhielt sich darüber mit dem anderen. So ging der Alltag im Kloster seinen Gang.

Roger aber ließ das Vergangene nicht in Ruhe und er überlegte, ob Benedikt doch im Unrecht war, indem er die gerechte Strafe für die Ketzer verhindert hatte. Er kam zu dem Schluss, dass der Abt den Mord nicht hätte veranlassen dürfen, aber er hatte es doch nicht selbst getan, konnte man ihn dann als Mörder verurteilen? Doch ohne sein Zutun wäre Benedikt noch am Leben, also war er doch ein Mörder.

Er ging zu Gabriel in die Bibliothek und offenbarte ihm seine Gedanken. Gabriel traute sich nicht, Roger seine eigne Meinung zu sagen.

Der war noch immer davon überzeugt, dass man Ketzer überführen und, wenn sie nicht widerriefen, verbrennen sollte. Um ihn zu prüfen meinte er, Robert hätte Benedikt nicht erschlagen und wäre also nicht sein Mörder. Der Abt täte recht daran, die Ungläubigen zu verfolgen und zu verbrennen. Roger meinte, Robert, der Abt sei im Grunde doch der Mörder. Es entspann sich ein Disput und Gabriel trieb es so auf die Spitze: Wäre Benedikt nicht vom Abt getötet worden, könnte das, was auch sein, Rogers Anliegen war, nicht durchgeführt werden, denn dann würde Benedikt die Ketzer weiterhin davor bewahren, verbrannt zu werden. Also wäre er mit Recht getötet worden. Roger zweifelte an dieser Auslegung. Man hatte einen Menschen getötet, damit man andere töten kann, seine Gedanken waren in eine Sackgasse geraten.

Hatte Benedikt nicht doch recht, die Ketzer vor dem grausamen Tode zu retten? Nur wegen des Unterschiedes, dass sie nur an Gott glaubten und nicht an die Dreifaltigkeit und dass sie sich an das Neue Testament hielten? Roger aber sagte sich: Aber sie kommen doch aus dem Schlunde des Teufels, sind also Teufelskinder. Hin und her gerissen sprach er wieder mit Gabriel, dem es leid tat, Roger mit seiner falschen Meinung hinters Licht geführt zu haben.

Er habe es bereut, ihm, Roger, nicht seine wahre Einstellung zu den Dingen zu sagen, er sei der gleichen Meinung wie Benedikt. Jetzt war Roger völlig verzweifelt, und wusste nicht, was er glauben sollte und argumentierte, dass die Ketzer doch aus dem Schlund des Teufels gekommen seien. Gabriel erklärte auch dies: „Sollte es einen Teufel geben, nur weil eine Äbtissin in ihrer Halluzination, verursacht durch berauschende Kräuter, es gesehen hatte? Kannst du dir vorstellen, dass das Mädchen und ihre Mutter aus dem Schlund des Teufels gekommen sind und die vielen anderen Ketzer auch, von denen man weiß, dass sie normal geboren wurden. Hast du den Teufel schon gesehen, er müsste doch in den Dörfern einmal aufgetaucht sein, viele von uns sind Tag für Tag dort. Nein, auch die Ketzer werden normal geboren."

Roger erinnerte sich an das Gefühl, das er bei der Berührung und dem Anblick der Mutter und der Tochter gehabte hatte. Er erzählte es Gabriel und meinte, das sei auch das Werk des Teufels gewesen. Dann wäre der Teufel immer in den Menschen, erwiderte Gabriel, denn normale Menschen hätten das gleiche Gefühl, er, der Abt und die anderen, die seien doch nicht vom Teufel besessen, genau so wenig wie er. Er habe von den Griechen gelernt, seinen Verstand logisch einzusetzen, und habe sich immer wieder danach gefragt. Die Ketzer meinen auch, der Teufel, das Böse sei immer da, es ist nicht da, es tritt erst bei gewissen Ereignissen im Menschen zu Tage. Roger war erstaunt, das war die Meinung, die Benedikt gehabt hatte, er erinnerte sich an seinen Besuch beim Grafen, an seine Frau und die Tochter, und hin und her gerissen, welche Meinung die richtige sei, kam er zu keinem Ergebnis.

Der Abt drängte ihn, nun endlich weitere Ketzer, deren Namen in dem Verzeichnis standen, aufzuspüren, um sie dann nicht mehr in der Abtei, sondern sogleich nach P. zu bringen, um sie dort von einem Legaten des Papstes verhören und verurteilen zu lassen. Er hatte bisher keine der Personen, die verzeichnet waren, finden können und wandte sich an Gabriel, wie es komme, dass er sie nicht fände. Dieser sagte, er habe im Verzeichnis Namen und Städte vertauscht, wenn sie ihm von den wahren Christen verraten wurden, in der Meinung, Roger habe inzwischen seine Meinung geändert.

Roger aber war in seinem Inneren darüber empört, er war zum Ergebnis gekommen, die Kirche hat recht, und er wollte weiter die

Ungläubigen verfolgen. Er war nahe daran, dem Abt zu sagen, dass das Verzeichnis gefälscht war, nahm aber davon Abstand.

Er machte sich auf den Weg, weitere Ketzer zu finden und erinnerte sich an das Haus, in dem die Frau verschwunden war. Er kannte den Namen seines ersten Helfers und erfuhr, wo er zu finden war. Als er zum Haus kam, sah er ihn am Fenster und rief ihn. Doch dieser verschwand, er konnte ihn gerade noch daran hindern zu fliehen und stellte ihn. Dieser sagte, er wolle ihm beim Fangen von Ketzern nicht mehr helfen, gerade hätte man seinen Cousin eingekerkert, der Roger doch erzählt habe, wer den Mönch erschlagen hat und wer dabei war, nur er könne dem Grafen verraten haben, dass es einer aus dem Dorf gewesen war.

Roger beteuerte, es nicht gewesen zu sein. Er habe doch gar nicht gewusst, dass er es gewesen sei, der ihm es berichtet hat.

Der Mann erzählte ihm dann, Soldaten des Grafen hätten alle männlichen Bewohner des Dorfes zusammengetrieben und der Hauptmann habe gedroht, ihre Häuser anzuzünden, wenn der Mörder des Mönches sich nicht meldete. Sein Cousin habe sich dann gemeldet, um das Dorf zu retten.

Roger versuchte ihn zu gewinnen, aber er ließ sich nicht überreden. So blieb ihm nichts übrig, als selbst zu dem Haus zu gehen, in das die vermutliche Ketzerin gegangen war. Er klopfte an die Tür, es öffnete ihm eine Frau im Kleid einer Ketzerin, er sah in ihr Gesicht und erkannte in ihr die Frau, die mit ihrer Tochter vom Abt bekehrt worden war. Sie wollte sich erschrocken zurückziehen, doch er hielt die Tür auf und drängte sie in ein Zimmer, wo die Tochter an einem Webstuhl saß und ebenso erschrocken aufstand. Roger hörte jemanden die

Treppe herunterkommen, ein Mann trat ein. Der hatte offensichtlich gehört, dass Besuch gekommen war; erstaunt blickte er Roger an. Seine Frau hatte sich vom Schreck erholt und sagte ihm, das sei der Mönch, der sie beide hierher begleitet hatte. Roger hatte Angst, er könne jetzt bedroht werden, aber der Mann gab ihm die Hand und dankte ihm, dass der Abt sie wieder freigelassen habe, er nähme an, dass Roger sehen wollte, wie es seiner Frau und Tochter ginge.

Sie hatten ihm wohl nichts erzählt. Roger verabschiedete sich nach kurzer Zeit und war froh, so davongekommen zu sein. Nach diesen Begebenheiten ging er zum Kloster zurück.

Viele Gedanken beschäftigten sein Gehirn: Entsetzen darüber, der Mann glaube, er hätte seinen Cousin ans Messer geliefert, die Tatsache, keinen Ketzer aufgespürt zu haben, das Erstaunen, Mutter und Tochter wieder als Ketzer zu sehen, die Erinnerung an die Reize der beiden, wobei vor allem dies seine Gedanken beherrschte. Langsam ging er den Weg zurück zum Kloster, zwei Männer folgten ihm in einigem Abstand, er bemerkte die beiden, konnte aber nicht erkennen, wer es war. Vor Angst lief er, so schnell er konnte. Im Kloster angekommen, drängte es ihn, mit Gabriel zu sprechen. Er traf ihn wie gewöhnlich in der Bibliothek. Roger klagte darüber, dass der Mann, der ihm geholfen hatte, die Ketzer zu fangen, ihm nicht mehr helfen wollte. Gabriel meinte, das sei natürlich, denn alle hätten Angst, ein ähnliches Schicksal zu erleiden wie viele, die Ketzer verraten hatten, er müsse sich in einem anderen Dorf umsehen.

Er sei auch im Haus gewesen, in dem damals die Ungläubige mit ihrer Tochter verschwunden sei, zu seinem Erstaunen habe er dort die beiden Ketzerinnen in ihren Gewändern angetroffen, obwohl sie doch ihrem Glauben abgeschworen hätten, auch der Mann sei hinzugekommen, offensichtlich hätten die beiden ihm nichts erzählt, denn er sei ihm gegenüber freundlich gewesen. Wieder habe ihn das Verlangen gepackt, wie er es schon einmal erlebt habe, die beiden Frauen besäßen offensichtlich die gleiche teuflische Macht wie vorher. Gabriel sagte zu alledem nichts, die Zeit war noch nicht reif, Roger Tatsachen zu präsentieren.

Das Drängen des Abtes, endlich wieder Häretiker aufzuspüren lastete schwer auf Roger, er fragte Robert, wo denn die meisten wohnten, die im Verzeichnis Genannten seien nicht mehr aufzufinden. Der Abt meinte, in C. und Umgebung wären einige zu finden, aber sie seien doch fast in jedem Dorf.

Roger verabschiedete sich, um nach C. zu gehen. Es war ein kleines Dorf, der Weg führte durch dunkle Wälder und tiefe Schluchten. Ob er wohl dort Helfer fände, die ihm verraten können, wo Ketzer zu finden seien?

In Gedanken vertieft, hörte er in einem dichten Wald hinter sich ein Geräusch von knackenden Zweigen, als gehe jemand vorsichtig über den Waldboden. Erschrocken drehte er sich um, doch es war niemand zu sehen. Nach einer Weile sah er das Dorf C. in einer tiefen Schlucht vor sich. Er war erleichtert, als er vor sich auf einer kleinen Lichtung Männer sah, die Tannen fällten. Als er den Weg weiterging, der sich am Rand der Felsen entlangschlängelte, wurde er plötzlich von hinten gefasst, er stemmte sich dagegen, als man ihn in den Abgrund stoßen wollte. Mit beiden Händen gelang es ihm, hinter sich den Kopf des Angreifers zu fassen und ihn vom Boden zu heben. Er drehte sich mit ihm und konnte ihn rückwärts fallend auf den Boden drücken. Es kam zu einem Ringkampf, der Angreifer hatte ein Messer in der Hand. In seiner Not schrie Roger um Hilfe.

Die Holzfäller sahen, was vor sich ging und sprangen hinzu, ergriffen den Angreifer, der machte sich los und flüchtete. Roger, außer Atem, dankte den zwei Männern. Sie setzten sich und fragten, was der Bruder denn in dieser einsamen Gegend wolle. Ohne zu überlegen antwortete er: „Ich suche Ungläubige", in dem Moment biss er sich auf die Zunge, das wollte er nicht sagen. Die Männer schienen nicht überrascht: „Die Ketzer sitzen vor euch, was wollt ihr denn von uns?" Roger konnte ihnen vor Scham nicht antworten. Er stammelte, ich danke euch! Sie merkten wohl seine Verlegenheit und verabschiedeten sich.

Er lief zurück zum Kloster und suchte völlig verwirrt Gabriel auf, den sein Bericht nicht zu wundern schien. Er kannte diese Gegend, es war seine Heimat. Bergleute und Holzfäller verdienten dort mühsam ihren Unterhalt. Doch zunächst sagte er Roger nicht, dass er dort aufgewachsen war, sondern versuchte, ihn auf seine Seite zu ziehen.

„Du willst die auf dem Scheiterhaufen verbrennen, die dir das Leben gerettet haben, denn die waren sicher Ketzer. Ich habe dich gebeten, vorsichtig zu sein, Abt Robert will seine Haut retten. Du kannst dem lieben Gott auch dienen, ohne Ketzer zu verbrennen. Ich muss dich endlich über die Untaten von Robert aufklären.

Die Frau und das Mädchen sind nicht die einzigen, denen er Absolution erteilte, nachdem er mit ihnen geschlafen hat. Einige haben auch Kinder von ihm. Benedikt war damals nach langer Überlegung so weit, dass er dies dem Bischof berichten wollte, er wurde umgebracht. Jetzt bist du es, der ihm gefährlich wird. Ich denke, seine Untaten haben, wie ich fühle, bald ein Ende. Leg dein Amt zum Aufspüren der Ketzer nieder, es ist nicht gut."

Völlig gebrochen fiel Roger in sich zusammen.

Gabriels Geschichte

Roger hatte in Gabriel einen neuen Freund gefunden. Gabriel wollte Roger von seinen Gewissensbissen ablenken und erzählte ihm seine Lebensgeschichte. Sein Vater war bei einem Duell getötet worden und ein Onkel des Vaters nahm Gabriel und seine Mutter in sein Kloster auf. Den Grund für das Duell erfuhr er erst viel später. Im Kloster übernahm seine Mutter die großen Ländereien als Verwalterin. In einem Klostergebäude waren die Pferdeställe und das landwirtschaftliche Gerät untergebracht, darüber hatten sie eine gut eingerichtete Wohnung mit einem Schreibtisch, an dem seine Mutter arbeitete. Es kamen die vielen Knechte und Mägde dorthin, um Anordnungen zu erhalten. Auch sein Onkel besuchte sie, um sich mit ihr zu besprechen. So bestimmte das Klosterleben Gabriels Kindheit und Jugend. Einige junge Adlige und andere Jungen aus dem reichen Bürgertum der Umgebung wurden mit ihm im Kloster unterrichtet. Ab und zu kamen die Eltern der Schüler zu Besuch und versäumten es nie, seine Mutter aufzusuchen. Mit fünfzehn Jahren war er in Griechisch, Latein wie auch in Mathematik so bewandert, dass seine Mutter meinte, er solle Jurisprudenz studieren. Ab und zu war er bei seinen Schulkameraden zu Hause eingeladen, er erfuhr dann mehr über seine Eltern, als ihm seine Mutter erzählt hatte. Sie hatte nie über die Umstände mit ihm gesprochen, die zu dem Duell und so zum Tod seines Vaters geführt hatten, er wagte aber nicht, Näheres zu erforschen, bis er endlich die Geschichte erfuhr.

Sein Vater war Notar in Toulouse und schon als junger Mann für seine erfolgreichen Verhandlungen bekannt. Selbst gegen den Grafen von T. hatte er gewagt, ein junges Mädchen zu vertreten, dessen Mutter, die

Ehefrau eines reichen Kaufmanns, Erbansprüche der Tochter geltend machen wollte. Die Tochter stammte aus einer illegalen Verbindung seines Vaters. Der Graf war wütend, dass der Rechtsanwalt es wagte, ihn anzuklagen. Der Rechtsanwalt und das bildhübsche Fräulein kamen sich näher, verliebten sich und wurden von dem Abt, dem Onkel des Notars, getraut. Als der Graf das erfuhr, forderte er Gabriels Vater zum Duell, der dabei getötet wurde. Der Graf nahm die Gelegenheit wahr und ließ die junge Frau in sein Schloss bringen, um, wie schon früher geplant, sie mit seinem Cousin Bernhard zu verheiraten, der sie schon als junges Mädchen kannte. Es ging die Mär, dass der Graf, der natürlich dem Notar im Fechten überlegen war, ihn so aus dem Weg räumen wollte, es war einfacher, eine Witwe an seinen Cousin zu verheiraten, als eine Scheidung durchzusetzen, denn er war überzeugt, dass die junge Frau so oder so in die Heirat mit seinem Cousin einwilligen würde. Natürlich kam Bernhard zu Besuch, es wurde ein Fest gegeben, bei dem sich die beiden näherkommen sollten. Die junge Frau aber erwies sich als unnahbar. Als ihre Haltung sich in den nächsten Tagen nicht änderte, wollte Bernard unverrichteter Dinge in sein Schloss zurückkehren. Inzwischen hatte die Mutter von der Entführung ihrer verwitweten Tochter gehört und sich mit dem Onkel des Getöteten in Verbindung gesetzt, ihm alles berichtet und ihn gebeten, ihre Tochter zu befreien. Der Graf schlug seinem Cousin vor, die junge Frau einfach zu zwingen, sie wäre sicher nicht so erfahren und er hätte leichtes Spiel, ihre Lust zu wecken, da sie und ihr Mann nur wenig Zeit dafür gehabt hätten. Bernhard wies diesen Vorschlag zuerst zurück, der Graf meinte, es wäre einen Versuch wert. Nach einem festlichen Abendessen, angeblich zum Abschied Bernhards, sollte nun die vorgezogene Hochzeitsnacht erzwungen werden. Die „Braut" schien ihre eher scheue Haltung abzulegen und blickte freundlich die Gäste an, den Grafen, die Gräfin und Bernhard. Die Gräfin und ihre Schwester hatten sich mit der jungen Frau schon einige Male in ihren Gemächern unterhalten, ihre Zurückhaltung schien abzunehmen, das berichtete die Gräfin. Und wirklich fühlte Bernhard kein Widerstreben, als er sie beim Tanz an sich zog, auch wenn sie seinem Kuss auswich. Der Graf unterhielt sich hinterher mit Bernhard und meinte, aus ihrem Verhalten beim letzten Tanz sei zu sehen, dass, wenn man sie überraschte, sie nur noch den üblichen, dem Anstand geschuldeten Widerstand leistete, um sich dann hinzugeben. Bernhard, dem widerstrebte, die reizende junge Frau mit Gewalt zu nehmen, hatte die Hoffnung, sie doch noch von seiner Liebe zu überzeugen. Sie verlor ihre Scheu, Bernhard wähnte sich seinem Ziel nahe, als er sie bei einem weiteren Tanz in den Arm nahm und sie seinen Kuss erwiderte, ohne sich zu wehren.

Der Graf empfing kurz darauf den Abt, den Onkel des Getöteten mit mehreren seiner Mönche, um über Land zur Erweiterung der Abtei zu verhandeln. Natürlich vermieden es der Graf wie auch der Abt, die junge Frau zu erwähnen.

Sie wiederum schlich heimlich zu den Mönchen im Garten, die sich dort aufhielten, während der Graf und der Abt verhandelten. Wie vom Abt beauftragt, kleideten sie seine Nichte in eine Mönchskutte, um sie unbemerkt mitnehmen zu können. Der Coup gelang.

Die Delegation war schon weggeritten, als Bernhard seine Liebste in ihrer Kammer besuchen wollte, man suchte in Schloss und Garten vergebens nach ihr. Dem Grafen war sofort klar, wer die junge Frau entführt hatte, und er machte sich mit seinem Cousin und einigen Knechten zur Abtei auf. Sie trafen auf dem Weg nicht weit vor dem Kloster den Abt und die Mönche. Sie umzingelten sie, um die „Braut“ zu fassen. Ihre Suche war vergeblich, sie war nicht dabei. Der Graf zückte voller Wut sein Schwert und verlangte vom Abt zu erfahren, wo sich die junge Frau befindet. Sein Cousin Bernhard trat dazwischen und brachte ihn zur Vernunft. So zogen die beiden unverrichteter Dinge ab.

Der scharfsinnige Onkel hatte damit gerechnet, dass der Graf und sein Cousin schon bald die Dame vermissen würden, und hatte sie im nächsten Dorf bei einem Bauern versteckt. Um sie der weiteren Verfolgung zu entziehen, holte er sie sodann in sein Kloster. Dort brachte sie Gabriel zur Welt. Als Mönch verkleidet, verwaltete sie die Landwirtschaft der Abtei. Dem Grafen sagte der Abt, sie hätte sich zu ihren Verwanden in die Nähe von Tours begeben.

Nach längerer Zeit gaben der Graf und sein Cousin ihre Absicht auf, die junge Frau weiter zu verfolgen. Sie legte später ihre Verkleidung ab und führte die Geschäfte weiter.

Der Graf, der den Abt öfters besuchte und auch mit der Verwalterin verhandelte und ihre geschickte Verhandlungstaktik bewunderte, wenn es darum ging, ihm zustehende Deputate auszuhandeln, hatte sie längst erkannt, es hatte sich eine gegenseitliche Sympathie entwickelt, eine geschwisterliche Liebe.

Seine Mutter unterstützte Gabriel in seiner Absicht, nach Rom zu pilgern, und hatte ihm Taschen in einen Gürtel genäht, den er auf seinem Leib trug. Darin verwahrte er die Goldmünzen, die er brauchte, um auf der langen Reise nicht zu darben. Unter seiner Talarkukulle trug er Tunika, Hosen und Strümpfe, alle Kleidungsstücke konnte er gut nutzen, bei Kälte oder Hitze, und wenn nötig, konnte er sich auch als jungen Burschen ausgeben, indem er den Talar in seinen Rucksack steckte.

Seine klösterliche Erziehung hatte ihn so beeinflusst, dass er nach einem geistlichen Amt strebte. Zu Beginn seines Probenoviziats wurde er vom nun ermordeten Benedikt, dem Instrumentenmacher, ermutigt, nach Rom zu wandern.

Gabriel staunte zwar über die Basilika mit ihren verwirrenden Gräbern und Seitenaltären und küsste den Ring an der Hand des alten Papstes Coelestin III. Er hatte aber Abenteuerlicheres erwartet.

So wanderte er von Kloster zu Kloster durch Kalabrien weiter nach Süden. Mit einem Fischer setzte er über und fand, beinahe verhungert und verdurstet, in einem Benediktinerkloster in Sizilien am Hang des Ätnas südwestlich von Messina Zuflucht. Auf einem Berg gelegen, von einer soliden Mauer umgeben, glich es mehr einer Festung als einem geistlichen Ort. Allerdings stand das wuchtige Tor immer offen.

Es gab nur fünf ältere Brüder, die sich in einer Kapelle mit dicken Mauern trafen, nicht zu bestimmten Zeiten, sondern wenn die Glocke rief. Er wunderte sich über die Aufregung, die unter den Brüdern herrschte. Vom Abt erfuhr er, dass die Schädeldecke der heiligen Agatha, die im Kloster als Reliquie aufbewahrt wurde, verschwunden war.

Ihr Schleier befand sich in Catania. Von dort kam Bruder Gregor, der hier die Untersuchung durchführen sollte. Auf Gabriel fiel natürlich kein Verdacht, denn der Diebstahl war schon vor einigen Tagen vom Abt zufällig entdeckt worden. Doch der Zeitpunkt des Diebstahls konnte nicht sicher festgestellt werden. Die Reliquie war zum letzten Mal am Gedenktag der heiligen Agatha gezeigt worden und anschließend wieder in einer eisernen Kiste mit Schloss im hinteren Teil der Kapelle aufbewahrt worden. Das Schloss war nach dem Raub so geschickt angebracht worden, dass ihn eine Zeitlang niemand bemerkte.

Es stellte sich heraus, dass Gregor den Bruder Benedikt in Gabriels Heimatkloster kannte. Er erzählte ihm, dass in Catania vor einiger Zeit auch der Schleier der Agatha verschwunden war.

Dieser Schleier hüllte das Gesicht einer lebensgroßen Nachbildung der Heiligen ein, der sich in der Kirche in einem großen Schrein hinter einer Glasscheibe befand, eingesetzt in eine schwere Eichentür. Den Schlüssel zum Türschloss bewahrte der Prior in dem Schreibpult in seiner Zelle auf. Auch ohne Schleier war das hübsche Gesicht der Frauenfigur reizvoll, unter dem Gewand ließ sich ein ebensolcher Körper vermuten. Wer außer den Brüdern konnte wissen, wo der Schlüssel aufbewahrt wurde? Natürlich war es jedem der Brüder möglich, ihn zu nehmen, aber wer von ihnen sollte Interesse an dem Schleier haben, denn er war jedem sichtbar.

Nach langem Überlegen kam Gregor zum Schluss, der Schleier könnte sich noch im Kloster befinden. Alle kannten natürlich die Geschichte der Heiligen und Gregor fragte die Brüder geschickt, er war in Verhören erfahren, um herauszufinden, wen die Heilige am meisten interessierte. Trotz vieler Gefahren hatte sie ihre Keuschheit bewahrt und war deswegen heiliggesprochen worden. Offenbar befasste sich der Bibliothekar am meisten mit der Geschichte, hatte selbst Einzelheiten erforscht und schien sie glühend zu verehren. Nach langem Gespräch gab er zu, ihren Schleier in seiner Zelle bei sich zu haben. Er musste das Haupt der Heiligen persönlich wieder verhüllen.

Gregor befragte nun auch in dem Kloster am Hang des Ätna alle Brüder, aber hier schien ihm der Fall anders zu liegen, jeder von ihnen konnte den Schlüssel benutzen. Sie sagten außerdem, die vorbeikommenden Templer hätten schon immer ein Interesse daran gehabt, die Schädeldecke mitzunehmen, den wilden Kerlen wäre es zuzutrauen, aber sie kämen erst in einigen Wochen wieder vorbei. Sie hatten ihre Komturei im Kloster. Gregors Neugier war so groß, dass er den Abt nach der Komturei fragte. Von außen betrachtet sah man nicht, dass sich unter der Kapelle ein großer Raum befand, der nur über einen geheimen Zugang erreichbar war. Hinter dem Altar, erklärte der Abt, könne eine der großen steinernen Bodenplatten herausgehoben werden. Darunter führe eine Treppe zu einem Gewölbe, das die Tempelritter als Komturei benutzten, wenn sie hier Rast machten. Das Gewölbe war durch eine eiserne Tür mit einem versteckten Mechanismus gesichert, der nur den Rittern bekannt war. Er selbst wisse nicht, wann dies alles eingerichtet worden sei. Wenn zuweilen die Tempelritter hierherkämen, meist direkt ihren Schiffen im Hafen, habe er nach Entfernung der Steinplatte in den Raum darunter und die eiserne Tür sehen können, die immer, wenn die Templer da waren, von einem Ritter bewacht werde.

Der Abt erinnerte sich nun daran, dass ein Pilger vor drei Tagen das Kloster besucht hatte, in der Kapelle zur Andacht war und die Reliquie gern gesehen hätte. Der Abt wollte das Schloss öffnen, er hatte aber den Schlüssel nicht dabei. Er kam mit dem Schlüssel zurück und zeigte ihm die in Gold gefasste Schädeldecke der Heiligen. Er brachte das Schloss natürlich wieder sorgfältig an. Der Mann bedankte sich überschwänglich und verließ das Kloster.

Niemand hatte bemerkt, ob der Diebstahl unmittelbar danach oder später erfolgt war. Der Zeitpunkt war nicht genau zu datieren und der Dieb war sicher über alle Berge. Dem Abt war allerdings aufgefallen, dass dieser nicht wie ein Pilger gekleidet war, eher wie ein Edelmann, er sprach Französisch und kam aus Toulouse. Einen Dolch trug er am Gürtel und eine große Ledertasche hatte er umgehängt. Er hatte gesagt, er sei mit einem Schiff im Hafen und fahre später wieder ab, mit einer Galeere, die auch Tempelritter auf ihrer Reise zurückbringe.

Mit dieser Beschreibung sandte man sogleich an den Hauptmann der Stadtwache eine Nachricht, um ihn zu finden. Gabriel hatte dem Abt und Gregor gesagt, als er hörte, der Fremde käme aus Toulouse, auch er käme aus der Umgebung, vielleicht könne er, da alle Italienisch sprächen, ihn in der Stadt daran erkennen. Erst später meinte Gregor, es könne eine Möglichkeit geben, ihn so zu finden.

Gregor, aber vielleicht auch den Abt, plagte die Neugier, die Behausung der Templer zu erkunden. So hoben sie zu viert die mit einem Ring armierte Steinplatte heraus, indem sie einen Pfahl durch den Ring steckten. Über die Steintreppe gelangten sie in einen Raum mit gewölbter Decke, an der Wand befanden sich Haken an denen sie wohl ihre Rüstungen aufhängen konnten, die eiserne Tür zur Komtur war seitlich von zwei Säulen begrenzt, in die oben drei Gesichter als Relief eingearbeitet waren. Die Gesichter blickten in drei Richtungen und schienen sich im Schein der Fackeln zu bewegen. In den Steinboden war in einer Rosette ein Pentagramm eingelassen. Als Gabriel die Gesichter ansah, erschreckten ihn die Augen, die ihn zu durchbohrten schienen, als er sich abwandte, sah er hinter sich seine eigene Gestalt, das Pentagramm in der Rosette stieg in die Höhe, drehte sich und schnitt seine Gestalt mit den scharfen Kanten in Stücke, die in der Rosette verschwanden. Vor Entsetzen fasste er den Arm des Abtes, der meinte, Gabriel falle hin. Den Mechanismus zum Öffnen der Tür konnten sie allem Bemühen zum Trotz nicht finden. Gregor entdeckte in der bronzenen Tür ein kleines Loch, unauffällig versteckt in der Verzierung des Gewandes einer Frau mit drei Köpfen und drei unter dem Gewand sichtbaren Füßen. Er sah, dass es am Ende des offenbar großen Saales hell war, sodass man dadurch seine Größe erahnen konnte. Einzelheiten aber waren nicht zu erkennen. Gregor meinte, das Licht müsse von außen kommen.

Von allen bisher unbemerkt fanden sie unmittelbar außerhalb der Klostermauer die vergitterten Lichtschächte in wildem Gebüsch versteckt. Ihre Neugier war jedoch nicht so groß, dass sie versuchten von dort in den Saal zu kommen. Gregor hatte das verstörte Verhalten Gabriels bemerkt, als sie aus dem Vorraum der Komturei wieder nach oben kamen, und fragte ihn, was ihn bedrücke. Er schämte sich, dass ihn etwas so Fantastisches so beeindrucken konnte, und wollte es ihm nicht sagen. Doch immer noch meinte er den Schmerz zu fühlen, als werde er durchgeschnitten. Gregor war gar nicht so erstaunt über seinen Bericht und erklärte ihm, die Templer hätten diesen Zauber dort platziert, um ihren Versammlungsraum zu schützen und um den abzuschrecken, der dort eindringen wollte. Die Augen in den Köpfen würden erkennen, wer den Herren gefährlich werden könne, er, Gabriel, sei wohl einer, der ihnen gefährlich werden könne und müsse damit rechnen, von den scharfen Schneiden des Pentagramms zerteilt zu werden.

Gabriel war nicht imstande zu begreifen, wie ein solcher Zauber dem Stein auferlegt werden konnte, Gregor erklärte es ihm so: Im Christentum nenne man es Wunder, die Jesus getan hätte, aber vom Satan vollbracht, sei es Zauber, und Menschen, die mit dem Teufel paktierten, hätten diese Möglichkeiten, müssten aber ihre Seele an ihn verkaufen. Er, Gregor, habe sich mit diesen Dingen beschäftigt, könne aber keinen Zauber ausüben, da er dem Teufel nicht seine Seele verschrieben habe. Zuweilen quäle einen Menschen diese Abhängigkeit und man müsse ihm den Teufel austreiben, er verstünde sich darauf.

Gregor erinnerte sich daran, was Gabriel vorgeschlagen hatte, und nahm Gabriel mit, um sich im Hafen nach dem vermeintlichen Dieb umzusehen. Er selbst behielt seine Kutte an, Gabriel kleidete sich wie ein Junge. So kamen beide in der Stadt an und gingen zum Hafen.

Für Gregor schien das emsige Treiben nicht besonders eindrucksvoll, doch Gabriel verwirrte das Gewimmel, kleine Boote und große Schiffe an den Kais, Männer, die in langen Reihen hintereinander, mit Säcken beladen, die Laufplanken zu den Schiffen hinaufgingen, kontrolliert von besser Gekleideten. Die Vielfalt der farbigen Kleider und die in Lumpen daherkommenden Sackträger. Nicht weit vom Kai stand eine Reihe von Häusern, Läden mit, so schien es Gabriel, so viel Waren, die man gar nicht alle erkennen konnte. Aufmerksam beobachtete Gregor Menschen und Schiffe, als sie an das größte kamen, meinte Gabriel französische Wörter zu hören. Sie kamen von den zwei Gestalten, die an der Reling standen, der eine gekleidet wie der Kapitän, der andere wie ein Offizier. Gregor bat Gabriel, ihnen zuzurufen, ob sie einmal hinaufkommen könnten.

Offensichtlich waren die zwei erstaunt, in so reinem Französisch angesprochen zu werden und ließen eine Strickleiter herunter, die beide mühsam hinaufkletterten. Der Kapitän war nun neugierig, wie der Junge aus Frankreich hierhergekommen sei. Er sei interessiert, sagte Gabriel, einmal ein Schiff von innen zu sehen. Der Offizier sagte, er habe vor einer Woche das Kloster besucht, aus dem wohl die beiden kämen. Auf den Offizier passte genau die Beschreibung, die der Abt von dem Besucher des Klosters gegeben hatte. Er fragte Gabriel, woher er komme, wer sein Vater sei, wieso er hier mit dem Benediktiner sei, Gabriel erklärte ihm alles. Gregor flüsterte ihm leise auf Latein zu, der wäre wohl als der Dieb verdächtig und man müsse der Stadtwache Bescheid sagen, er wolle ihn aber erst einmal verhören. „Du hast doch das Kloster hier besucht, seitdem fehlt die Reliquie, das Schädeldach der hl. Agatha“, sagte er ihm plötzlich in Französisch auf den Kopf zu. Völlig verblüfft sprang der Offizier auf, sein Gesicht entstellte sich vor Wut: „Was fällt dir erbärmlicher Kuttenträger ein!“, rief er, zückte seinen Dolch und stürzte auf Gregor zu, der Kapitän und Gabriel hielten ihn mühsam zurück, aber er machte sich los. Gregor blieb ruhig sitzen, wohl zum Erstaunen des Offiziers, der zur Vernunft kam. „Ich bin mir nun sicher“, sagte er ruhig zu ihm, „dass du nicht der Dieb bist, ich wollte es nur herausfinden, denn ich bin mit dem Auftrag aus Catania hierher gesandt worden, den Dieb zu finden.“ Gabriel dankte Gott, dass alles so verlaufen war, und bewunderte Gregor für seinen Mut. Zur Versöhnung kam Wein auf den Tisch und der Offizier und der Kapitän versprachen, sich umzuhören, wer an dem Diebstahl beteiligt sein könnte. Gregor gab jedoch nicht auf und sie streiften durch mehr oder weniger zwielichtige Kaschemmen, in denen auch zuweilen sich Matrosen mit leicht bekleideten Mädchen amüsierten. Gabriel sah dies zum ersten Mal, zuerst wandte er sein Gesicht ab, dann aber blickte er genau hin. Gregor sah es und bemerkte, dies sei die wirkliche Welt, die aber nichts mit ihnen zu tun habe. Man müsse sie kennen, um es den Gläubigen vorhalten und als Sünde bezeichnen zu können. Diese Bemerkung verhinderte nicht, dass das Gesehene in Gabriel Gefühle entfachten, die ihm bisher verborgen waren. In einem augenscheinlich von Bürgern bevorzugten Gasthof sah Gregor im hinteren Teil einen Mann im Leibrock der Templer. Bei ihm saß ein Herr, gut gekleidet in rotem Wams und seidenen Beinkleidern, im Gürtel einen Dolch, die beiden unterhielten sich gestenreich. Es war ungewöhnlich, dass sich hier ein Templer aufhielt, sie gingen an den Tisch der beiden, die Wein vor sich stehen hatten. Als der Templer Gregor im Habit des Benediktiners in der Begleitung des Jungen sah, schien er sichtlich erstaunt. Er erhob sich und mit einem „Gott zum Gruße“ hieß er die beiden auf Latein willkommen: „Setzt euch zu mir, ich bin hier, um meine Brüder zu empfangen, die in Kürze hier ansegeln, ein Teil wird mit mir und dem Schiff, vielleicht habt ihr es schon im Hafen gesehen, nach Genua segeln, um die deutschen Brüder dort an Land setzen, die weiter über die Alpen ziehen.“ Er hatte ein Papier vor sich, das er in einer neben ihm liegenden Ledertasche verstaute. Gregor nahm an, dass die beiden miteinander verhandelt hatten, und sah sich den Herrn näher an, der sich bald verabschiedete. „Wer ist der Herr, mit dem Ihr geredet habt?“ Es sei ein Kaufmann aus Toulouse, sagte der Templer, der hier allerlei einkaufe und verschiffe. Er habe eine Liste vom Großmeister mit Waren für die Heimreise, die er besorgen sollte, das habe er mit ihm besprochen. Gregor fragte ihn weiter, warum er nicht in der Komturei im Kloster wohne. Er sei erst vor Kurzem hier eingetroffen und habe dazu noch keine Befugnis und auch keinen Schlüssel. Er werde sicher dem Kloster einen Besuch machen und auch später mit den ankommenden Brüdern in die Komturei kommen. Gabriel erinnerte sich an die Beschreibung des Klosterbesuchers. Auch Gregor dachte daran. „Woher kennt Ihr den Herrn, der gerade fortging?“, fragte Gregor. Der Tempelritter hatte dessen Adresse vor einiger Zeit vom Großmeister durch einen Boten erhalten, als er noch in Deutschland war. Konnte es sein, dass seine Liste auch die Reliquie aufführte, an der die Templer so interessiert waren? Wie kam man an die Liste? Gregor überlegte, der Diebstahl war schon einige Zeit her, wenn der Templer erst kürzlich hier mit seiner Liste angekommen war, konnte die Schädeldecke nicht darauf stehen. Vielleicht war der Templer doch schon länger da, dann konnte sie doch schon auf der Liste stehen. Vielleicht hatte er auch vorher beim Kaufmann gewohnt. Gregor musste irgendwie die Liste bekommen. Der Templer schien froh zu sein, mit den beiden reden zu können, er schenkte sich und den beiden immerzu Wein ein. Gregor unterhielt sich weiter mit ihm und sie sprachen darüber, dass viele Templer jetzt zurückkehrten, denn Saladin siegte weiter. Der Wein schien ihn anzuregen und er blickte immer wieder auf Gregors Begleiter, Gabriel schien ihm zu gefallen in seiner Tunika, die seine Knie frei und schöne Beine in den Strümpfen erkennen ließ. Gregor sah das Begehren in den Augen des Templers und dachte kurz an die Möglichkeit, Gabriel als Lockvogel zu benutzen, um an die Tasche zu gelangen, war aber selbst darüber erschrocken und verwarf den Gedanken. Da ergriff der Templer die Initiative und forderte Gabriel auf, mit ihm zu kommen, um ein Geschenk zu erhalten, das er oben in seiner Kammer hatte. Gabriel zögerte natürlich und sah Gregor an, der kaum merklich nickte und mit einem Auge zwinkerte. Als die beiden gingen, vergaß der Templer seine Tasche. Gregor fand die Listen, studierte sie und entdeckte nichts, was darauf hinwies, dass die Reliquie zu besorgen sei. Doch als er die Listen wieder verstaute, fiel ein Zettel heraus, der den Befehl zeigte, die Schädeldecke aus dem Kloster zu besorgen, um sie nach Deutschland zu bringen. Man sollte sie dem Abt mit viel Geld abkaufen. Der Templer musste sie also besitzen. Jetzt erst dachte Gregor an Gabriel und lief nach oben. Es gab aber viele Kammern und so lauscht er an einer jeden, um sie ausfindig zu machen. An Ende des Ganges hörte er lautes Reden, klopfte und trat ein. Beide standen sich gegenüber als wolle der eine den anderen angreifen. Als sie Gregor sahen schienen beide dies verbergen zu wollen. Der Templer zeigte Gregor eine Goldmünze, auf der Saladin abgebildet war und sagte, er habe sie Gabriel zeigen wollen, auch viele Edelsteine lagen auf dem Tisch. Sie gingen nach unten. Gregor und Gabriel verabschiedeten sich, der Templer sagte, er werde in den nächsten Tagen das Kloster besuchen. Gregor fragte Gabriel, was geschehen sei, ihm sei aufgefallen, dass er und der Templer sich wie Feinde gegenüber standen, als er eintrat. Gabriel berichtete, der Templer habe ihm die Goldmünze schenken wollen, als er sich zurückzog, weil der Ritter ihn umfasste und an seinen Beinen entlang unter seinen Rock griff, der habe es nochmals versucht, aber nicht geschafft. Gregor wusste wohl, dass der Junge dem Ritter gefallen hatte. Gabriel schauderte immer noch bei dem, was er im Vorraum des Templersaales erlebt hatte. Im Traum spürte er den Schmerz, wenn das Pentagramm ihn wie eine Sichel in Stücke schnitt und die Augen der drei Köpfe zusahen, er wachte dann schweißgebadet auf.

Gregor wusste nun, dass die Tempelritter die Schädeldecke mitnehmen wollten, aber wo befand sie sich? Gregor nahm an, dass der Kaufmann, den sie mit dem Ritter getroffen hatten, sie besaß und darüber verhandelt hatte, wie viel Geld er dafür herausschlagen konnte.

Gregor meinte, es sei nicht möglich, den Kaufmann im Gewimmel der Stadt wiederzufinden oder auch den Ort, wo die Reliquie sich befand. Man konnte nicht Tag und Nacht den Templer verfolgen, um bei deren weiteren Verhandlungen den Kaufmann wieder zu treffen. Die einzige Möglichkeit konnte sein, sie bei den Tempelrittern zu entdecken, wenn sie in deren Besitz gelangt war, bevor sie absegelten. Man solle ihn, Gregor, benachrichtigen, wenn die Ritter aus dem Orient ankämen.

Allmählich lernte Gabriel die Eigenheiten der Brüder kennen. Der Abt übersetzte aus dem Griechischen und schrieb die Texte auf Pergament. Die farbigen Anfangsbuchstaben der Kapitel bestanden bei genauem Hinsehen aus verschlungen angeordneten Tieren, Männern und Frauen. Der Abt sammelte alte griechische Krüge, die in einem Raum auf Regalen standen. Schwarz auf Rot waren scherenschnittartige Zeichnungen, kämpfende Krieger, nackte Frauen und Männer mit den für Gabriel unschicklich erscheinenden Attributen, Faune, die dabei waren, sich mit den Mädchen zu vereinigen. Für den Abt war es selbstverständlich, dass er sie auf Papier abzeichnete und mit Texten kommentierte, die er aus seinen Übersetzungen nahm und in einem Buch zusammenband. Theaterstücke, die ähnliche Themen behandelten, übertrug er aus dem Griechischen in das Lateinische. Gabriel traute sich erst nach einiger Zeit, vorsichtig dem Alten zu sagen, es sei doch nicht mit dem Gelöbnis eines Mönches vereinbar, so etwas zu tun. Der Alte lächelte nur und antwortete, es seien nur Zeichen, die im Gehirn zu Gegenständen würden und die erst in der Vorstellung zu dem werden, was sie wirklich sind. Kann man uns das Sehen verbieten? Der Gegenstand selbst stellt sich dann mit oder gegen unseren Willen ein, vielleicht könnten wir etwas gegen die Vorstellung tun, aber das können nur die Wenigsten. Gabriel kämpfte gegen die Vorstellung an, aber immer wieder überraschte sie ihn und wurde zur Wirklichkeit, wenn er die leicht bekleideten hübschen Mädchen und Frauen sah, die nicht so ängstlich wie in der Umgebung seines Heimatklosters sich zu verstecken suchten, sondern ihn anlachten und in ihrer ihm nicht immer verständlichen Sprache etwas zuriefen. Alles war neu für ihn. Dem Abt schien seine Zurückhaltung zu amüsieren. Allmählich interessierte Gabriel die Umgebung, der Abt suchte immer neue Pflanzen, Sträucher und Steine, die er zeichnete, er bemerkte, dass Gabriel dieselbe Neigung verspürte und nahm ihn zu Spaziergängen in die nächste Umgebung mit. Gabriel entdeckte so sein Zeichentalent und unter der Anleitung des Abtes brachte er es zur Vollendung.

Der Abt, in die Suche Gregors nach der Schädeldecke eingeweiht, hatte Gabriel gebeten, mehrmals in der Woche zum Hafen zu gehen, um zu sehen, ob die Tempelherren schon angelandet waren. Gabriel sah eines Tages ein ebenso großes Schiff, wie jenes, das sie besichtigt hatten, schon von Ferne und wartete, bis er jemand an Bord erkennen konnte. Es war einer im weißen Gewand mit dem roten Malteserkreuz auf der Brust. Gabriel lief, so schnell er konnte, zum Kloster. Ein Bruder ritt eilends nach Catania und kam mit Gregor zurück. Inzwischen erwartete das Kloster den Besuch der Templer. Bis sie ihre Bagage auf die gemieteten Esel geladen hatten, dauerte es bis zu nächsten Tag.

Gregor, der Abt und Gabriel standen am Tor und sahen sie schon von Weitem, der Templer, den sie in Catania getroffen hatten, führte die vielleicht zehn Tempelherren in ihren weißen Gewändern und zwei in braunem Habit an. Vier Frauen in braunen Umhängen, darunter weiße Blusen und blaue Röcken mit Schulterbändern, folgten am Schluss des kleinen Zuges. Hinter ihnen folgten Esel mit Packkörben auf beiden Seiten, darin die Ausrüstung der Krieger und in Segeltuchsäcken die Kleider.

Der Abt hatte im Refektorium die Tische decken lassen, um die Gäste zu erfrischen, die dort nach der Ankunftszeremonie Platz nahmen. Gabriel war von Gregor beauftragt worden, beim Entladen der Esel zuzuschauen. Er selbst begrüßte den Bruder, den sie in Catania getroffen hatten, der aber nie vorher im Kloster erschienen war.

Außer den Rüstungen, Netzhemden, Kurzschwertern, und Eisenhüten wurden auch vier eisenbeschlagene Kisten mit Schlössern abgeladen. Alles wurde zunächst im Hof gelagert. Eine nicht so große Kiste schien Gabriel, im Gegensatz zu den anderen, etwas weniger alt und offensichtlich nicht mit einem Schloss gesichert. Gregor hatte ihn angewiesen, ihm zu sagen, was ihm auffiele.

Während alle noch im Refektorium saßen, ging Gabriel zu ihm und sagte, dass diese eine Kiste ungewöhnlich sei. Im Trubel merkte niemand, dass Gregor in den Hof ging. Das Behältnis stand am Rande und Gregor wollte sie öffnen. Es gelang ihm nicht. Er meinte zu Gabriel, sie sei mit einem verborgenen System, wie es Araber verwendeten, verschlossen. Vielleicht gelänge es, sie später zu öffnen, er wolle sich kundig machen, wie es zu lösen sei. Sicher wüssten die Templer, wie es möglich wäre.

Die Tempelritter begaben sich anschließend in ihre Komturei, Gabriel konnte sehen, wie sie die schwere Bodenplatte hinter dem Altar entfernten, aber nicht, wie sie die Tür öffneten. Sie brachten das Gepäck aus dem Hof dorthin und hängten ihre Ausrüstung an die Haken, die er im Vorraum gesehen hatte.

An Gottesdiensten nahmen sie in einer leichten Tunika teil. Sie schienen erfrischt und von allem Schweiß und Staub befreit, worüber Gabriel sich wunderte.

Gregor meinte, Gabriel solle versuchen in die Komturei zu kommen, denn der Bruder, den sie in Catania getroffen hätten, wäre ihm zugetan, viele der Templer huldigten der griechischen Liebe. Er erklärte ihm, der Bruder hätte damals mit ihm das vorgehabt, was Männer gewöhnlich mit Frauen tun, die sie liebten, wenn auch nicht das letzte Ziel der Sache. Gabriel war verwundert, dass auch Frauen dabei waren. Gregor sagte, sie versorgten die Tempelritter wie auch die Männer in der braunen Tunika. Vielleicht könnte er herausfinden, ob sich die Schädeldecke in der Kiste befände, und sie vielleicht öffnen.

Der Bruder aus Catania erkannte Gabriel natürlich wieder und wich ihm zuerst aus. Doch als er zu merken schien, dass Gabriel ihm seine Handlung nicht übelgenommen hatte, näherte er sich ihm. Gabriel war nun auch neugierig geworden und der Bruder schlug ihm vor, wenn alle anderen nicht da wären, ihm die Komturei zu zeigen.

Schneller als gedacht ergab sich die Gelegenheit, der Bruder nahm Gabriel an der Hand und sie stiegen die Treppe hinter dem Altar hinab in den Vorraum der Komturei, in dem die Kleider und Waffen hingen. Als er an seinen Besuch damals dachte, an das Pentagramm, das ihn zerschnitten hatte, an die stechenden Augen der Köpfe neben der Tür, die ihn ansahen, lähmte der Schreck ihn und er war momentlang nicht in der Lage, die letzten Stufen zu nehmen. Aber es geschah nichts. Die Augen starrten ihn nicht an, das Pentagramm drehte sich nicht. Der Bruder hatte sein Zögern bemerkt, fasste ihn um die Hüfte und sie gingen durch die offene Tür in einen großen Saal, der von einigen Kerzen erleuchtet war und auch Licht vom anderen Ende herbekam. Der Bruder hatte wohl Gabriels Zittern gespürt. Kaum waren sie ein paar Schritte gegangen, als ihn der Bruder umarmte, küsste, und ehe sich Gabriel versah, hatte dieser sein Ziel in der Hand, dass sich der Berührung stellte und im Nu ihm ein Gefühl bereitete, dem er sich ergab. Instinktiv revanchierte sich Gabriel. Beide ließen ihrer Brüderlichkeit freien Lauf, bis sie ihre Gefühle erschöpft hatten. Gabriel war neugierig und der Bruder zeigte ihm die Behausung.

Der Raum war spärlich von einer Reihe dicker, großer Kerzen beleuchtet, weiter hinten waren zwei Spiegel so in einem Winkel angeordnet, dass sie diesen Teil des Raums erhellten. Das Licht fiel auf eine Kapelle mit dem Templerkreuz hinter einem kleinen Altar, auf dem ein Gefäß stand. Rechts und links davon zwei Säulen mit den drei Gesichtern, hinter diesen links eine schlanke Frauengestalt, rechts mehrere Siegel, auf einem zwei Ritter zu Pferde.

Gegenüber sprudelte eine Quelle, deren Wasser in ein Becken floss. In der Mitte des Raumes stand sich ein langer Holztisch mit Bänken. Auf beiden Seiten waren auf dem Boden leinenbezogene Schlafstätten, an den Wänden Haken, an denen Kleider hingen. Gabriel dachte nun an seinen Auftrag und sah die Kisten neben dem Altar, obenauf die Kleinste. Er fragte, was denn die Eisenkisten mit den schweren Schlössern enthielten. Der Bruder verriet ihm, darin seien die Schätze, Gold, Edelsteine und Münzen, die sie nach Frankreich zum Großmeister bringen sollten. Die eine Kiste sei aber nicht verschlossen, bemerkte Gabriel, er sei neugierig, was sie enthielte. Sie enthielte eine wertvolle Reliquie, sagte der Bruder, aber sie sei nur zu öffnen, wenn man ihren Verschluss kenne, er wüsste, wie sie geöffnet werden könnte. Gabriel tat nun das, was er gerade gelernt hatte und bettelte, sie zu öffnen. Er sah, dass sich darin in Polstern die in Gold eingefasste Schädeldecke der heiligen Agatha befand, und wollte sie herausnehmen. Der Bruder fasste aber schnell Gabriels Arm und schlug den Deckel zu, der so schwer war, dass er Gabriel die Hand zerschmettert hätte, wenn er sie nicht zurückgezogen hätte.

Sie hörten Stimmen und als sie oben im Kirchenraum waren, kamen die zwei Templer im braunen Habit mit zwei Frauen herein. Die anderen hatten sich im Hafen das Schiff angeschaut und wohl ihre Reise besprochen.

Gregor war natürlich gespannt, zu erfahren, was Gabriel herausgefunden habe. Er berichtete ihm alles und fragte nach den Dingen, die er um den Altar gesehen hatte. Die drei Köpfe, deren Augen ihn jetzt nicht angestarrt hatten, seien die Häupter von Baphomet, die Häupter der Erkenntnis, das Gefäß der Heilige Gral, der Glück und ewiges Leben bedeutete, wenn man ihn besäße, die weibliche Gestalt sei die Tochter von Isis, sie stünde für die Liebe. Gabriel verschwieg aus Scham, was ihm die Erkundung ermöglicht hatte. Gregor sagte, da man nun wüsste, dass die Schädeldecke hier sei, müsse man alles unternehmen, sie zu bekommen. Ob er nicht beobachten konnte, wie der Templer die Kiste geöffnet habe. Gabriel überlegte und meinte, er habe nur sehen können, wie er an den seitlichen Griffen hantiert habe, aber nicht genau, in welcher Weise.

Wenn die Templer wieder einmal alle die Komturei verlassen würden, könnte Gabriel hinuntergehen und vielleicht die Kiste öffnen. Gregor ließ nicht locker. Als der Abt die Tempelherren zu einem Spaziergang eingeladen hatte, um einen kleinen Ausbruch des Ätna anzusehen, rief er Gabriel, der in der Bibliothek des Abtes Zeichnungen anfertigte.

Dieser eilte schnell die Stufen zur Komturei hinab und wollte durch die offene Tür, als ihn die glühenden Augen der Köpfe anfunkelten und hinter sich wieder das Pentagramm anschickte, sein Bild in Stücke zu schneiden. Vor Schreck schrie er. Aus der Komturei rief eine Stimme: „Wer ist da?“ Gabriel versteckte sich in einer Nische. Heraus kam eine junge Frau in Bluse, weißem Rock und wirrem Haar, sah sich um und verschwand wieder in dem Saal.

Er berichtete Gregor erstaunt, eine Frau, offensichtlich nicht ganz gekleidet, unten getroffen zu haben, die Stimme aus der Komturei sei aber nicht ihre gewesen. Gregor hatte wohl eine Erklärung, behielt sie aber für sich. Er sah auch offensichtlich keine Möglichkeit mehr und meinte, man könne vielleicht die ganze Kiste mit der Reliquie beim Transport zu den Schiffen beiseiteschaffen.

In den nächsten Tagen schienen sich die Ritter mit ihrem Gefolge zur Abreise vorzubereiten. Der Bruder hatte schon einige Male versucht, mit Gabriel eine Möglichkeit zu einem Stelldichein zu finden und ihm dies auch gesagt. Gabriel schwankte, ob er der Versuchung nachgeben sollte, doch als sich die Gelegenheit ergab, folgte er ihm wieder. Der Spuk, den er so fürchtete, trat nicht ein, diesmal konnten sie in aller Ruhe auf der Schlafstatt ihren Wünschen nachkommen.

Dabei erzählte Gabriel ihm, wie er versucht habe, in die Komturei zu kommen, um nochmals den Altar zu sehen, dessen viele Sachen ihn interessierten, und eine Stimme gefragt habe, wer da sei. Er habe sich versteckt, dann sei eine Frau erschienen, nicht vollständig gekleidet und sei wieder zurückgegangen.

Für den Bruder war es anscheinend nicht erstaunlich, dass Gabriel nicht ahnte, was dahintersteckte. Er erzählte Gabriel, dass am nächsten

Tag die Kisten verladen und zu den Schiffen gebracht werden. Allen Bitten zum Trotz, ihm nochmals zu zeigen, was sich in den Kisten befand, um so vielleicht doch an das Geheimnis des Schließmechanismus der besagten Kiste zu kommen, tat es der Bruder nicht.

Gregor hatte daraufhin den Abt und die Mönche eingeweiht und sie gebeten, alles zu versuchen, die kleinere der Kisten heimlich irgendwie zu bekommen. Als alle Habe der Tempelherren im Hof zum Verladen bereitstand, wollten Gabriel und die Mönche helfen, die mit Riemen versehenen Kisten auf die Maultiere zu laden, aber sie wurden zurückgewiesen. Die Templer wussten genau, wie wertvoll der Inhalt war.

Immer noch gab es Gregor nicht auf, die wertvolle Schädeldecke der heiligen Agatha zurückzuerlangen und folgte ihnen mit Gabriel heimlich zum Hafen. Gabriel mischte sich dort auf Anraten Gregors in alten Hosen, mit schmutzigem Gesicht und nacktem Oberkörper unter die Hafenarbeiter, die nötig waren, um die Bagage an Bord zu hieven. Als die kleine Kiste, an den Riemen befestigt, hochgezogen werden sollte, zerschnitt er einen Riemen, sodass sie aus einem Meter Höhe herunterfiel. Gabriel wollte sie nehmen, aber zwei braungekleidete Ritter hinderten ihn daran. Er sah die Beute oben an der Reling verschwinden. Unverrichteter Dinge gingen sie zurück zum Kloster. Gregor verabschiedete sich und lud Gabriel ein, ihn im schönen Kloster in Catania zu besuchen.

Gerade war wieder einmal der Ätna ausgebrochen, dunkle Wolken verdunkelten bei südwestlichem Wind den Himmel. Gabriel lief erschrocken zum Abt, der ihn aber beruhigte. Vor drei Jahren sei das gleiche geschehen, die Wolken kämen aus einem feuerspeienden Schlund und zögen wieder ab. Nach einer Woche war der Himmel wieder klar. Gabriel war neugierig. Der Abt sagte ihm, das sei die

Antwort auf die grausamen Taten des Kaisers Heinrich, der zurzeit in Messina krank darniederläge. Er sei sehr neugierig, wie es jetzt auf dem Berg aussähe, wenn er wolle könne er mitkommen. Sie machten sich auf den Weg. Mit ihnen gingen zwei Männer, die Brot, Butter und Wein in Körben auf ihrem Rücken trugen. Nach einem langen Marsch kamen sie endlich am Fuß des Berges an und machten auf einer Lichtung unter Bäumen Rast. Nach einer weiteren Meile war der Boden schwarz, es war kein Strauch und Baum mehr zu sehen. Bald darauf war er nur noch von schwarzen Brocken bedeckt. Es roch nach Schwefel. Unwillkürlich musste Gabriel an den Teufel denken, sagte aber nichts. Der Gipfel des Berges war mit Schnee bedeckt, sie kamen in einem Bereich, wo jetzt noch rauchende schwarze Erde den Boden bedeckte. Einer der Männer kannte den Berg gut, auf seinen Rat hin wichen sie seitwärts aus und stiegen weiter den Berg hinauf. Neben ihnen bemerkte Gabriel jetzt unter den schwarzen Brocken auch eine Glut, die Hitze wurde beinahe unerträglich. Plötzlich hörten sie ein Donnergrollen und etwa eine Meile links oberhalb von ihnen spuckte der Berg Feuer und Rauch. Ein glühender Fluss strömte, zu ihrem Glück weit entfernt von ihnen, bergab. Die Aschewolke zog, Gott sei Dank, von ihnen weg. Unwillkürlich hatten alle sich geduckt und bekreuzigt. Nachdem der Schreck vorbei war, sanken sie auf die Knie, der Abt sprach ein Dankesgebet. Gabriel überlief ein Schauer, er glaubte wirklich, in die Hölle geblickt zu haben. Der Abt nahm aus einen Bündel ein Blatt Papier und machte einige Zeichnungen. Zu Hause konnte Gabriel sehen, wie er die Glut und das Feuer mit Farbe Rot ergänzte. Verschmitzt sagte ihm der Abt, er solle mal den Rauch genau betrachten, im Rauch erkannte man bei genauem Hinsehen einen Teufel, der vor einem Kessel stand, unter dem ein Feuer brannte und in dem Menschen schmoren. Gabriel fragte ihn, ob er sich so die Hölle vorstelle. Das sei ihm so bei der Wanderung eingefallen, antwortete der Abt ihm, das Paradies habe er jeden Tag vor Augen. Gabriel glaubte, wenn er sein Gelübde nicht einhalte, blühe ihm das Gleiche in der Hölle. Er wollte sich Gewissheit hierüber verschaffen und fragte den Bruder Abt. Der meinte, es käme auf das Urteil des Jüngsten Gerichtes an, wenn die Sünde nicht so groß wäre, könnte man durch das Fegefeuer purgiert aus der Hölle in den Himmel kommen, ansonsten müsse man unter Qualen in der Hölle braten. Er sagte das so leichthin, dass Gabriel nicht wusste, ob er es wirklich meinte.

Auf einmal erschien Gabriel die Welt so hell und bunt, sein Gang war so leichtfüßig und seine Handlungen so mühelos, als ob er aus einem Kerker ans Tageslicht gekommen sei. Er selbst wunderte sich darüber, war es das, im Gegensatz zu früher, jetzt so zwanglose Klosterleben, die arglose Natürlichkeit der Menschen, der helle Himmel, sein Gefallen an der Schönheit der Mädchen und Frauen, er spürte zum ersten Mal, dass er lebte.

Ein Besuch der Königin Konstanze von Sizilien wurde erwartet, das Kastell in Catania wurde jedoch umgebaut und sie konnte dort nicht empfangen werden. Sie wollte den Ätna aus der Nähe sehen, es gab keine andere Möglichkeit als in den Mauern des Klosters unterzukommen, Gregor hatte den Vorschlag in Catania nach längerem Beraten gemacht. Zwei Zellen wurden für sie und drei Damen eingerichtet. Zwei Tage vor Ankunft der Königin kamen Kammerherren mit einer langen Eselkarawane und brachten Betten und andere Möbel und auch Lebensmittel und Wein, ein Koch richtete die Klosterküche her, das Refektorium wurde zu einem Festsaal, für die andere Gesellschaft stellte man Zelte im Klostergarten auf.

Zwei Tage später erschien die Königin. Der Abt erzählte Gabriel unter Augenzwinkern heimlich die Geschichte, wie ihr Sohn, entstanden sein soll.

Konstanze wurde erst im Alter von 38 Jahren mit Heinrich VI. verheiratet und gebar keinen Erben. Ihr Berater, so wurde erzählt, unternahm selbst mehrere Versuche, um diesem Übel abzuhelfen, aber auch er war nicht dazu in der Lage. Er machte einen attraktiven jungen Schlachter ausfindig, der mit einem entsprechenden Werkzeug und dem nötigen Stehvermögen, das er Stierhodenextrakten verdankte, ausgestattet war und nun diese Aufgabe übernahm. Der Berater berichtete, Konstanze sei schon beim ersten Mal so in Wallung geraten, dass sie ihrem Liebhaber befahl, ihr immer wieder zu dienen. Schon nach vierzehn Tagen war sie schwanger und so entstand Friedrich II.

Zur Begrüßung reihten sich der Abt und die Mönche vor dem Klostertor auf, Gabriel etwas im Hintergrund. Zwei geschlossene Sänften wurden von einer Eskorte von fünf bewaffneten Rittern zu Pferde begleitet, eine weitere Schar von Bewaffneten bildete einen langen Zug. Der ersten Sänfte entstieg eine Dame, die zwei von ihren Pferden abgestiegenen Rittern ein Signal gab. Sie reichten der Königin bei ihrem Ausstieg ihren Arm. Der Abt trat herzu und fiel als erster auf die Knie. Aus der zweiten Sänfte stiegen zwei junge Damen, offensichtlich die Kammerfrauen. Die Königin schritt durch das Tor und alle Bewohner des Hofes taten es dem Abt gleich. Sie wurde von ihren drei Kammerfrauen zuerst in ihre Kammer geführt, denn es war an diesem Tag sehr warm. Gabriel beobachtete im Hintergrund alles. Am meisten fielen ihm die beiden jungen Frauen mit den blonden Locken und der hellen Gesichtsfarbe auf, die eher wie junge Mädchen daherkamen.

Gabriel konnte sich nun ein Bild machen, wie es bei Hofe zugeht. Ein Ausflug zum Ätna erfolgte mit dem gleichen Aufwand wie die Anreise. Er fand die Königin nicht schön, im Gegensatz zu den beiden Mädchen, die ihn beeindruckten. Er suchte wiederholt ihre Nähe.

Einmal bemerkte er, wie die beiden das Kloster verließen und sich auf einer Wiese am Hang niederließen. Ihr Kichern hörte auf, als sie den schwarzen Lockenkopf in der Talarkukulle erblickten. Sie riefen ihn auf Französisch zu sich, er antwortete zu ihrem Erstaunen französisch. Er folgte ihrer Aufforderung und sah ihre weißen Beine, die sie bis zu den Oberschenkeln entblößt hatten. Wohl an das Befehlen gewöhnt, forderten sie ihn auf, sich zu setzen. Er ließ sich neben der Jüngeren nieder. Wie er denn das Klosterleben fände, hier in der Einöde. Gabriel sagte, er sei hier nicht zu Hause und nur auf seiner Reise hierherkommen gekommen. Die beiden wussten nun, woher er kam und dass er noch nicht einmal sein Noviziat beendet hatte.

Aus der Nähe erregte Gabriel nicht nur der Anblick der Beine, auch sah er im Ausschnitt ihrer Kleider die Rundungen der Brüste. Die Jüngere schien das zu ahnen, sah ihre Freundin an und schubste Gabriel so, dass er nach hinten fiel und die beiden sahen, wo sich die Talarkukulle vorwölbte.

Die beiden übermütigen Damen hatten, wie man sehen wird, Erfahrung, wie man Absichten realisieren kann. Blitzschnell streifte die Jüngere eine Sandale von Gabriels Fuß und lief davon. Die andere freute sich diebisch über seine Überraschung und war neugierig, was er tun würde, um sie wieder zu bekommen. Er stand auf und lief instinktiv der Jüngeren nach. Die Wiese war von Steinen übersät und die andere sah mit Vergnügen, wie er humpelnd mit dem unbekleideten Fuß die Verfolgung aufnahm. Inzwischen war die Diebin hinter Buschwerk verschwunden, die andere folgte Gabriel. Als er sie erreichte, hielt sie ihm neckisch die Sandale hin.

So entwickelte sich ein Gerangel, bei dem die beiden Damen ihr Ziel erreichten und sahen, was sie zu ihrem Vergnügen brauchten und auch bekamen. Gabriel lernte so eine andere als die christliche Liebe kennen.

Nach der Abreise der Hofgesellschaft zählte er sein im Gürtel eingenähtes Geld und machte sich zur Rückreise fertig. In Catania besuchte er Gregor, der ihm bei der Suche nach einem Schiff half, das ihn nach Genua bringen sollte. Von dort war es nicht mehr so weit zu seinem Kloster. Nach seiner Rückkehr wurde er ordiniert und vom Abt Robert mit dem Aufspüren von Ketzern beauftragt.

So weit Gabriels Geschichte.

Der Tod von Benedikt war aufgeklärt, der Graf hatte von dem mit dem Tode Bedrohten erfahren, dass der Abt Robert Zeuge des Mordes war und ihn auch angeordnet hatte. Der Graf kam mit fünf Soldaten in den Klosterhof geritten und schrie: „Heraus mit dem Abt!“ Robert trat mit verächtlicher Miene hervor.

Der Graf sprach laut: „Wenn du auch deine Hände nicht schmutzig gemacht hast, so bist du doch ein Mörder! Du stehst leider nicht unter meiner Gerichtsbarkeit, sodass ich dich nicht bestrafen kann, aber dem Schicksal wirst du, der du nicht nur dies verbrochen hast, nicht entgehen!“ Wendete sein Pferd und ritt mit seinen Begleitern davon.

Nicht nur Gabriel und Roger hatten die Anklage vernommen, sondern auch die anderen waren bei dem Lärm herausgekommen. Gabriel sagte später zu Roger: „Der Krug geht solange zum Brunnen, bis er bricht.“ Keiner der Brüder hat den Mut, den Bischof zu unterrichten, auch er nicht. Roger war überzeugt, dass der Abt verurteilt werden müsse, er war sich nicht im Klaren, wie es zustande kommen sollte.

Der Abt ahnte, dass es ihm an den Kragen ging und wollte der Anklage beim Bischof zuvorkommen. Er plante heimlich eine Reise zum Bischof nach T. Sie sollte am übernächsten Tage stattfinden.

Als Roger erfuhr, dass er ihn begleiten solle, eilte er schnell zum Schloss, um den Grafen zu veranlassen, den Bischof vorher zu informieren. Er traf den Grafen mit seiner Familie an, ein Gefühl überfiel ihn, das ihm nicht erklärlich war, er wollte es abschütteln, doch es gelang ihm nicht. Der Graf erkundigte sich nach dem Grund seines Besuches, er meinte, er wollte ihnen ein neues Modell der Uhr oder des Kompasses vorstellen. Zögernd erzählte Roger von den Machenschaften Roberts und dem Versuch, ihn zu töten, um seine Beteiligung am Mord Benedikts zu vertuschen. Der Graf sagte, ihm seien schon verschiedene Dinge zu Ohren gekommen und er selbst wolle dem Bischof, dem solche Sachen nicht recht seien, berichten. Roger bat ihn, doch dem Besuch des Abtes beim Bischof zuvorzukommen, der wollte morgen auf seinem Esel nach T. reisen. Er, Roger, solle ihn begleiten. Er habe aber Angst, ihm könne etwas zustoßen. Da sagte der Graf, er solle sich keine Sorgen machen, seine Soldaten würden unauffällig die Reise begleiten. Was Roger nicht wusste, der Graf hatte schon nachforschen lassen, woher Roger eigentlich stammte. Wieder war die Verabschiedung herzlich.

Der Abt verließ, auf einem Esel reitend, das Kloster in Begleitung von Roger, der zu Fuß neben ihm ging. Auf einem schmalen Pfad im felsigen Gebirge, Roger führte den Esel am Zaum, rutschte der rechte Hinterlauf des Esels auf einem Stein ab, der Esel konnte sich noch auf dem Weg halten, doch der Abt stürzte mit einem Schrei rücklings von dem Tier und über den steilen Felsen in den Abgrund. Roger hörte, wie der Schrei leiser und leiser wurde und stand starr vor Schreck auf dem Pfad, als hinter ihm ein Trupp Soldaten auftauchte, der Graf hatte sein Wort gehalten. Roger bat sie, nach dem Abte zu suchen, der vielleicht noch lebte. Etwa dreihundert Fuß unter dem Felsen fanden sie ihn, tot.

Mit Mühe brachten die Soldaten ihn den steilen Hang hinauf, der Leichnam wurde auf dem Esel festgebunden und Roger zog mit ihm zum Kloster zurück. Er fühlte keine Trauer. Der Bruder Pförtner wunderte sich, dass Roger den Esel allein am Zaum führte und erkannte erst beim Näherkommen den auf dem Esel festgebundenen Körper. Die Glocke läutete und alle versammelten sich im Hof.

Bei der Beerdigung im Klostergarten standen die Brüder um den Sarg, der von sechs Mönchen an Seilen in die Grube hinabgelassen wurde.

Dem Grafen war der Tod des Abtes natürlich berichtet worden. Er kam mit seiner Frau, Tochter und drei Soldaten in den Klosterhof geritten, alle Mönche standen aufgereiht da, Gabriel und Roger in deren Mitte. Keine Rede war vom Tod des Abtes, er wandte sich an die Versammelten und verkündete, dass ein neuer Abt gewählt werden solle, wenn sie einen von den ihren vorschlügen, würde er nach seinem Urteil wohl dem zustimmen, ansonsten würde er den Bischof von Toulouse, seinen Vetter, um Rat fragen. Roger bemerkte, dass die Gräfin ihrer Tochter etwas zuflüsterte und sie ihn anblickten, Roger errötete, was Gabriel, der neben ihm stand, sah. Jetzt hatte auch der Graf die beiden bemerkt und er bat sie, ihn aufzusuchen.

Bernardus, der Älteste, beriet mit den Mönchen, wie man sich entschließen sollte. Er war erschien wohl den meisten als geeignet. Doch der wollte dieses Amt nicht antreten, er sei zu alt. Wohl auch nicht bereit, die Vorschriften der Kirche zu befolgen. Gabriel und Roger unterhielten sich darüber, warum er nicht wollte. Gabriel kannte ihn, so lange er da war, und wusste von dessen Liebe zur Natur, die er allem anderen voranstellte, auch den kirchlichen Dingen.

Bernardus meinte, sie seien doch beim Grafen eingeladen und könnten mit ihm darüber beratschlagen.

Die Instrumente von Benedikt standen, vielleicht zufällig, auf dem Tisch als die beiden eintraten. Roger lief es siedeheiß über den Rücken, er musste dem Grafen doch sagen, dass nicht er das Instrument zusammengesetzt hatte, sondern dass es von Benedikt stammte, was der Abt nach dem Mord mitgenommen und versteckt hatte. Ein wenig verlegen, Gräfin und Tochter saßen ihm gegenüber, sagte er, den Grafen anblickend, er hätte ihm etwas zu beichten. Dieser blickte ihn erstaunt an, er sei doch kein Priester, was das bedeute. Roger erzählte die Geschichte. Die Spannung war den Herrschaften anzusehen, Mutter und Tochter hingen an seinen Lippen.

Der Graf klopfte Roger, der aufgeregt wirkte, auf die Schulter und lobte seine Ehrlichkeit. Bei seiner Beichte hatte er nur vor sich geblickt und erst jetzt sah er die Tochter an, es traf ihn wie ein Blitz, als ihre Blicke sich begegneten. Als er sie damals gesehen hatte, war ihm nur das Gesicht mit den roten Haaren in Erinnerung geblieben und der Gedanke an die Füchsin, die die Trauben aus dem Garten des Herrn stehlen. Jetzt erschütterte ihr Anblick seinen ganzen Körper. Er kannte dies Gefühl nicht und war erschrocken.

Es wurde Wein serviert und es gab dazu, nach Art der Katharer, kein Fleisch, sondern Weißbrot. Von seinem Inneren getrieben erzählte er die ganze Geschichte, die Liste von Gabriel mit den falschen Angaben über die Ketzer und wie er es erfahren hatte und die Versuche des Abtes, ihn zu töten. Eine Erzählung, die die gräfliche Familie höchst interessierte.

Der Graf erinnerte sich an Gabriel, in dessen Hand er Papier zum ersten Mal gesehen hatte. Dieser berichtete, woher er es kannte, wieso er nach Sizilien gegangen war und schilderte kurz, woher er stammte.

Er hatte Gabriel als den eifrigsten Verfolger von Ungläubigen angesehen und wurde nun über sein wirkliches Handeln aufgeklärt. Der Graf wirkte nachdenklich, konnte es sein, dass sein Vetter, er war schon verstorben, ihm so etwas erzählt hatte? Er sagte aber nichts.

Endlich kamen sie zum Eigentlichen, der Nachfolge des Abtes. Sie sagten, der Vorschlag der Mönche sei gewesen, Bernardus zum Abt zu wählen, der aber wolle es nicht. Der Graf bat sich Bedenkzeit aus, er wolle sich mit dem Bischof in Verbindung setzen, so lange müsse man warten.

Die beiden verabschiedeten sich, sie konnten sich die freundliche Atmosphäre kaum erklären. Nach langem Zögern offenbarte Roger Gabriel, was ihn so berührt hatte. Der Blick der Grafentochter hätte ihn wie ein Blitz, der durch seinen Körper fuhr, getroffen und in ihm ein Gefühl von Lust erzeugt, die zu verwirklichen ihm verboten war. War das ein Zauber, den Ketzerinnen ausübten, um andere zu beeinflussen?

Sie habe in ihm nur ein Gefühl geweckt, das in jedem Menschen verborgen sei und dann ans Licht käme, wenn ein anderer es herauslockte, sagte Gabriel. Was er verspürt habe, sei ein Pfeil aus ihren Augen, der sein Herz getroffen habe. In der Antike war es der Gott der Liebe, ein kleiner Bube, der diese Pfeile abschoss. Nicht jeder Blick schießt solche Pfeile, sie sind nur auf ein Ziel gerichtet, wenn der Schütze es will. Aber es gibt auch Zweifel an dieser Erklärung, hat der Schütze gar nicht die Absicht, das Herz des anderen zu treffen und der Getroffene meint es nur, ist es ein Irrtum. Der Getroffene muss herausfinden, ob es die Absicht des anderen war, ihn zu treffen.

Gabriel wusste natürlich, was Roger verspürt hatte, wollte aber ihm überlassen, es herauszufinden.

Roger suchte nach einer Erklärung. Was war es für eine Liebe. Es hatte für ihn bisher nur die Liebe zu Gott oder Maria gegeben. Dieses Mädchen war eine Zauberin. Wie kam er überhaupt auf den Gedanken der Liebe? Sie hatte ihn mit ihrem Blick auf diesen Gedanken gebracht. Er wehrte sich vergeblich, das Bild zu verdrängen. Ihr Gesicht erinnerte ihn an die heilige Maria, die auf vielen Bildern eher mädchenhaft als frauenhaft dargestellt wurde. Er sagte sich, es könne nur diese Liebe sein. Auf den Bildern der Heiligen Jungfrau war es ein Blick, der ihn aber nicht ins Herz traf. Dieses Mädchen war in Bewegung, mit Kopf, Augen und, jetzt fiel es ihm ein, einem Körper, der sich unter dem Kleid abzeichnete, wie er es damals schon bei den beiden Ketzerinnen wahrgenommen hatte. Er wehrte sich innerlich, diese Gedanken weiter zu verfolgen, die Füchsin war eine Ketzerin, eigentlich müsste sie brennen.

Er dachte an sein Gelübde, die fleischliche Lust zu unterdrücken. Aber der es befohlen hatte, musste sie doch kennen! Was bedeutete Lust im fleischlichen Sinne? Er hatte sich nicht berührt, wenn sie ihn überfiel, aber ob er wollte oder nicht, er spürte, wenn sie einen Höhepunkt erreichte und abebbte. War es das Mädchen, das ihn hindern wollte, sein Gelübde zu erfüllen? Diese Überlegungen quälten ihn. Er musste mit Gabriel darüber sprechen, um Klarheit zu erlangen, was dies mit der Tochter des Grafen zu tun hatte.

War es Eros und nicht Pieta, die freundschaftliche Liebe zu Maria, wodurch er Lust empfand? Er erinnerte sich an ihr wunderschönes

Gesicht mit den blauen Augen, ihre Reden, ihr Verhalten und ihr Lachen. Die roten Haare erinnerten ihn aber noch immer an die Füchsin. Es gelang ihm wieder und wieder, diese Gedanken zur Abwehr seiner fleischlichen Begierde zu benutzen.

Die Versammlung der Brüder wollte nun dem Grafen nach einer weiteren Beratung Gabriel als Abt vorschlagen. Roger sollte den Vorschlag dem Grafen unterbreiten.

Auf dem Weg dorthin sah er nahe dem Burggraben im Wald die Gräfin, die Blumen pflückte. Sie bemerkte ihn nicht und als sie ihr graues Kleid schürzte, sah er ihre bloßen Beine. Ihm zugewandt richtete sie sich auf und dabei konnte er einen Blick auf ihre Brüste erhaschen.

Sofort erinnerte er sich an die Mutter, die der Abt verhörte und an das Gefühl, das ihn überkam, als er sie festhalten musste und er ihre weichen Formen spürte.

Roger wollte sich zurückziehen, als sie ihn erblickte. Nicht einmal erschrocken, bat sie ihn zu sich. Als sie sich, den Blumenstrauß in der Hand, umdrehte, stolperte sie und wäre gefallen, wenn Roger sie nicht aufgefangen hätte. Sie hatte unwillkürlich ihre Arme fest um ihn geschlungen, so dass sich beide erst nach einem Augenblick wieder voneinander lösten. Sie lachte und machte sich los und nun standen sich beide gegenüber und betrachteten sich erstaunt. Sie bemerkte seine Verwirrung, ihn hatte ihr weicher Körper erregt und sie hatte das Verlangen des jungen Mannes wahrgenommen.

Er sagte dann, dass er dem Grafen das Ergebnis der Beratung seiner Brüder, die Gabriel zum Abt gewählt hatten, zu unterbreiten. Der

Graf sei aber nicht da, aber er solle doch mitkommen, sie werde es ihm später berichten.

Beide gingen in Gedanken versunken den Weg weiter. Er hätte sie gern wieder umarmt, sie ihn vielleicht verführt.

Schon im Burghof kam ihnen das Töchterlein entgegen. Als sie Roger erkannte, lief sie auf ihn zu und fiel ihm um den Hals. Erstarrt rührte er sich nicht, instinktiv hielt er sie aber fest, wieder empfand er die Wirkung weiblicher Formen.

Sie gingen in die Kemenate und die Gräfin streckte sich in einem bequemen Sessel aus, die Tochter holte Sonnenuhr und Kompass, um an Roger weitere Fragen zu stellen. Roger erinnerte sich, wie Benedikt ihm erklärt hatte, warum die Kompassnadel immer in eine Richtung, nach Norden zeigte.

Er erzählte den beiden, dass in uralten Zeiten viele Götter lebten. Unter ihnen der Schmied der Götter, Hephaistos. Einmal packte ihn der Zorn und er warf einen Eisenklumpen auf die Erde. Dieser landete im Meer im hohen Norden. Dieser Eisenklumpen ziehe nun die eine Spitze der Nadel des Kompasses immer in diese Richtung. So wisse man, dass sich in gegengesetzter Richtung die Sonne zur Mittagsstunde befinde und so könne man eine feste Zahl, die zwölf, festsetzen und damit die Zeit genau mit der Sonnenuhr feststellen.

Die Kemenate hatte vier Fenster, die sich in die Himmelsrichtungen Süd, West, Nord und Ost öffneten. Man könne auch die Sonnenuhr im Zimmerfenster ablesen, wenn man den Stab oben in der Mitte befestigte und auf dem Fensterbrett die Zahlen malte. Aber nur im Südfenster, meinte Roger. Man müsse aber erst wissen, wann die Sonne am höchsten steht, um dann die Stundenzahlen aufzumalen. Sie war begeistert von seinem Vorschlag, nahm den Schürhaken vom Kamin und schickte sich an, auf einen Stuhl vor dem Fenster zu steigen. Sie musste dabei ihr Kleid so hoch festhalten, dass Roger, der hinter und unter ihr stand, denn das Fenster war sehr hoch, all das bei der Tochter sehen konnte, was er noch nie zu Gesicht bekommen hatte. Noch in Erinnerung des vorher Erlebten, geschah wieder, was ihm vor Kurzem geschehen war. Der Stuhl schwankte und das Mädchen wäre heruntergefallen, wenn er nicht ihre nackten Beine gefasst hätte. Nun musste er ihr vom Stuhl herunterhelfen, es blieb ihm nichts anderes übrig, als sie in der Taille zu fassen und auf den Boden zu stellen. Ihre Mutter sagte dann, der Schmied könne einen Stab herstellen und ihn oben in der Mitte des Fensters befestigen.

Die Mutter hatte das bemerkt, was die Tochter nicht sehen konnte. Einsilbig saß Roger mit der Tochter am Tisch, denn in seinem Kopf verfolgte ihn das, was er gesehen hatte und wie er sich auch sträubte, sie als Teufelswerk anzusehen, er konnte sich dessen nicht entziehen.

Es waren die beiden, in die sich der Teufel verwandelte hatte, und wie bei einem Zauberkünstler würde er schon die Tricks der Verwandlung entdecken, dessen war er sich sicher.

Wie er sich auch bemühte, immer wieder wurde seine Anstrengung zunichte. Constancia, die Tochter, lehnte sich neugierig über seinen Rücken, als er den Kompass auf dem Tisch ausrichtete, wobei ihr rotes Haar seine Wangen streichelte und er in seinem Rücken die Wärme ihres Körpers spürte und unwillkürlich überlegte, welcher Teil ihres Körpers es war, der seinen berührte. Er wagte nicht, sein hölzernes Kreuz, das er umgehängt hatte, zu Hilfe zu nehmen.

Die Gräfin, Esclarmonda, war erneut von ihm bezaubert und überlegte, wie sie diesen Jungen haben konnte, dem ihre Tochter so einfach nahe gekommen war. Rogers Blick ging zu ihr, die in ihrem Sessel saß und einer Laute Melodien entlockte, die ihn mit ihrem Zauber umhüllten. Gebannt blickte er sie an, die seinen Blick erwiderte. Er ahnte instinktiv ihren Wunsch und stellte sich vor, sie in seiner Umarmung zu fühlen.

Er konnte den Zauber nicht durchbrechen und sie ihr Verlangen nicht stillen. Es war schon dämmrig, als er den einzigen Ausweg darin sah, sich zu verabschieden, um sich dem Zauber zu entziehen. Ohne den beiden nahe zu kommen, verbeugte er sich und stieg schnell die Treppe hinab, wo ihn ein Wächter zur Zugbrücke begleitete und sie hinter ihm hochzog.

Es schien, als wäre er dem Zauberkreis entkommen, er fühlte sich befreit und sah in den beiden wieder die Ungläubigen, die man austilgen müsse.

Kaum erblickte er die Mauern des Klosters, als ihm die Erinnerung an die nackten Beine des Mädchens kam, wie er ihre weiche Haut und darunter die Festigkeit ihrer beweglichen Muskeln gefühlt hatte und sie auch weiter oben umfassen konnte. Schon war alles, was er gedacht hatte, zunichte. Er spürte ihr Haar an seiner Wange und ihre harten Brüstchen in seinem Rücken. Ein Lustgefühl stand in ihm wieder auf und verbreitete sich von einem Punkt ringförmig aus, er musste sich auf den Boden setzen.

Er ging zu Gabriel, dem er, völlig verzweifelt, alles beichtete. Dieser erinnerte sich daran, wie er ohne vergleichbare Gewissensbisse in Sizilien zufällig mit den zwei Begleiterinnen der Königin die Liebe erfahren hatte.

Gabriel meinte, dass Roger offensichtlich einen Punkt erreicht hatte, von dem es kaum eine Umkehr gab. Gabriel riet ihm, dem stärkeren Gefühl zu folgen, zögerte zunächst, ihm sein Erlebnis zu schildern, tat es dann aber doch.

Roger fühlte sich durch Gabriels Offenheit befreit, die quälenden zwiespältigen Gedanken suchten ihn nicht mehr heim. Er fühlte nun ungehemmt die Anziehungskraft der Gräfin und ihrer Tochter. Dennoch wagte er nicht an die Möglichkeit zu denken, sein Verlangen stillen zu können.

Mutter und Tochter hatten sich in Roger verliebt. Constancia gestand ihrer Mutter, sie habe Roger sehr lieb, sie möchte ihn doch öfters mal sehen. Die Mutter wusste, dass ihre Tochter nicht an das dachte, was sie von Roger erwartete. Zuerst war sie eifersüchtig, dann aber überlegte sie, wie sie sich die Verliebtheit ihrer Tochter zunutze machen könnte, um ihre Wünsche zu befriedigen.

Auch Roger war sich nicht klar, wer von beiden ihm das Verlangen einflößte, die Mutter, deren Körper er in seinen Armen gespürt hatte, oder die Tochter, deren Beine er gefasst und etwas gesehen hatte, das seine Neugier anstachelte.

Beide Gesichter erschienen ihm immer wieder als Bilder in seinem Kopf. Wenn er sich auf das eine konzentrierte, schob sich das andere davor. Nie konnte er sich ihre Gestalt mit den ihn aufregenden Formen in Gänze vorstellen.

Der Graf kehrte von seiner Reise zurück. Als er das Kloster besuchte, wusste er bereits von seiner Frau, dass Gabriel von seinen Brüdern als Abt vorgeschlagen war. Er unterhielt sich eine Weile mit ihm, es stellte sich dann heraus, dass die Geschichte von Gabriels Herkunft, die der Graf vermutet hatte, den Tatsachen entsprach. Er würde den Bischof in Toulouse um die Bestätigung seiner Ernennung zum Abt bitten, er sei seiner Zustimmung sicher.

Dem Grafen erzählten Mutter und Tochter vom Besuch Rogers und Constancia verriet ihm heimlich, wie gern sie Roger hatte. Der Vater hörte es und erklärte ihr, dass Roger aber zu denen gehörte, die voller Überzeugung und auf Befehl des Papstes die Reinen verbrennen wollte. Constancia sage jedoch, sie glaube es nicht.

Roger dachte noch immer an die beiden und er erinnerte sich, wie Abt Robert ihm erklärt hatte, dass die Frauen der Katharer, auch wenn sie verheiratet waren, mit anderen Männern schliefen. Erst verwarf er den Gedanken, aber vielleicht wollte es die Gräfin auch. Sein Verlangen überspielte die Gewissensbisse, die er zuvor seines Gelübdes wegen hatte.

Die Gräfin quälte der gleiche Wunsch und sie wartete nur darauf, bis der Graf eine längere Zeit verreiste. Als der Graf erfuhr, dass ein päpstlicher Legat auf der Anreise sei, um die Ketzerverfolgung besser zu organisieren, reiste er nach Toulouse.

Mutter und Tochter erschienen zu Pferde mit zwei Knechten im Klosterhof. Gabriel, vom Pförtner benachrichtigt, begrüßte die beiden, die ihm die Nachricht vom Grafen brachten, der Bischof in Toulouse habe seiner Wahl zum Abt zugestimmt.

Im Refektorium ließ Gabriel von den Laienbrüdern ein Essen mit Wein herrichten und lud die beiden mit allen seinen Brüdern dazu ein. Zwei rothaarige Ketzerinnen, die sie eigentlich verbrennen sollten. Doch ihre Weiblichkeit, die sich ihrer grauen Kleider zum Trotz deutlich zeigte, schien die Mönche anders zu stimmen. An was sie wohl dachten, sah man ihren Gesichtern an.

Gabriel bemerkte wie die Gräfin und ihre Tochter wiederholt Roger ansahen und dieser ihre Blicke erwiderte.

Als die beiden auf ihre Pferde stiegen, war es schon dämmrig, die Gräfin bat Roger, sie zu begleiten, denn bei der Einrichtung der Sonnenuhr im Fenster fehlten noch die Zahlen der Uhrzeit auf dem Fensterbrett. Roger aber meinte, es sei zu spät, denn am genauesten sei es Mittag. Er käme, wenn es der Gräfin recht sei, in den nächsten Tagen.

An Stelle von Gabriel sollte nun Roger die Bibliothek betreuen. Roger kannte aus der Zeit, als Gabriel Bibliothekar war, bereits viele Bücher, aber er vermutete, dass in einem verschlossenen Schrank, der unbeachtet und versteckt in einem dunklen Winkel stand, sich weitere, ihm unbekannte Bücher befinden. Er fragte Gabriel danach, der meinte, es seien vielleicht andere Gegenstände darin, den Schrank und den Schlüssel habe Benedikt aus dem ehemaligen Benediktinerkloster mitgebracht, wo aber der Schlüssel jetzt sei, wüsste er nicht.

Roger war froh, dass er nun auch Benedikts Werkstatt wieder nutzen konnte, die er so gut kannte. Roger erinnerte sich daran, dass er einmal unverhofft eingetreten war, als Benedikt die schwere Tischplatte angehoben hatte. Schon damals vermutete er, dass es ein Versteck war. Als er jedoch versuchte, sie anzuheben, gelang es ihm nicht. Mit Eifer machte er sich daran, alles zu erkunden. Er entdeckte Zeichnungen seines Lehrers und Teile von Geräten, die Bernardus offenbar entwickeln wollte.

Als er dann einmal zufällig eine kleine Verzierung am Tischbein berührte und sie dabei verschob, ließ sich die Tischplatte anheben. Er fand Bücher, die alchemistische Abbildungen und Anleitungen zeigten, und auch einen Schlüssel. Er war sich sicher, dass dies der Schlüssel zu dem Schrank in der Bibliothek war, den er entdeckt hatte.

Von all dem sagte er aber nichts zu Gabriel. Neugierig öffnete er den Schrank. Es fanden sich darin Zeichnungen römischer Krüge und Bücher römischer Schriftsteller. Auf den Vasen befanden sich auf rotem Hintergrund Mädchen und Männer, die ihm vor Augen führten, was er sich nicht vorstellen konnte, aber gefühlt hatte. Die Bücher, von denen er einige Seiten las, erzählten ihm, wie reizvoll es sei, zu tun, was er auf den Abbildungen sah.

In seiner Fantasie übertrug er die nackten Gestalten der Mädchenfiguren auf die beiden Frauen aus Fleisch und Blut, die ihn so sehr in ihren Bann zogen.

Constancia fragte ihre Mutter, wann endlich Roger käme, die daraufhin immer mehr darüber nachdachte, wie sie ihn für sich gewinnen könnte. Sie dachte, dass ihre Tochter und Roger, ihrer Unerfahrenheit wegen, ihre Absicht nicht behinderten.

So ganz traute sie ihrer Tochter nicht. Den jungen Knappen, der mit dem Grafen fortgeritten war, hatte Constancia schon einmal ermutigt, sie zu umarmen und sie wusste nicht, was die beiden weiter getan hatten. Wie die Gräfin wusste, hatte der Junge schon mit Mägden erfahren, was denen gefiel.

Endlich kam Roger eines Tages pünktlich am Mittag zum Einstellen der Sonnenuhr. Die Uhrzeit wurde auf dem Fensterbrett markiert, er musste nun bis Sonnenuntergang warten, um dann die weiteren Stunden festzusetzen. Wiederholt hatte Constancia die Gelegenheit genutzt, sich fest an Roger zu schmiegen, was dann auch zum verhaltenen Zorn der Mutter führte, die endlich auch Roger spüren wollte. Roger hatte aber keine Anstalten gemacht, ihre Tochter zu berühren.

Um dem ein Ende zu bereiten, nahm sie ein Buch mit Bildern und Versen in die Hand, legte sich auf einen langen Sessel und bat Roger zu sich, um mit ihm das Buch zu betrachten. Es war ein Stundenbuch mit Bildern, die zwar ähnlich, jedoch nicht so genau das zeigten, wie auf den antiken Krügen abgebildet. Sie stützte sich auf, ihre langen roten Haare fielen auf ihre Schultern ihr Kleid glitt soweit herab, dass ihre entblößte Brust dicht vor seinen Augen war. Sie bemerkte, wie er sich erschrocken abwenden wollte. Ihre Tochter beugte sich über Roger, um auch das Buch betrachten zu können, er spürte ihre Haare, die seinen Nacken streiften, und die Wärme ihres Körpers. Unwillkürlich überkam ihn die Lust, die Brust der Gräfin zu fassen. Constancia stand auf und setzte sich an das Kopfende des Sessels, um besser in das Buch sehen zu können. Roger saß wie betäubt da. Seine Verwirrung nahm die Gräfin zum Anlass, sich auf die Polster neben ihm auszustrecken. Sie raffte ihr Kleid, sodass er ihre weißen Schenkel sah. Ihre Taktik ging auf, denn Roger wurde immer mutiger hinzusehen.

Wenn Constancia nicht da gewesen wäre, hätte die Gräfin leicht ihr Ziel erreichen können. Sie schloss das Buch. Roger war aufgestanden und sie bemerkte unter der Kutte seine Erregung. Etwas zögernd bemerkte er, dass es spät sei und verabschiedete sich mit einer Verbeugung. Der Diener brachte ihn über die Brücke auf den Weg.

Der Gedanke an die Gräfin ließ ihn nicht los, er brannte darauf, das mit seiner Hand zu fühlen, was er gesehen hatte, und er stellte sich vor, was er dann erfuhr, wenn er an die Bilder auf den Krügen dachte. Mit Interesse las er die römischen Schriftsteller, die ihn auf zu Erwartendes neugierig und lüstern machten. Er war, wie er merkte, auf das vorbereitet, was ihn erwartete.

Das Klosterleben war etwas freizügiger unter Gabriel. In den umliegenden Dörfern verloren die Menschen die Furcht vor den Mönchen, die nicht mehr unnachgiebig ihre Bußen verlangten. Die Katharer unter ihnen lebten ebenfalls auf und es entstand ein vertrauenswürdiger Umgang miteinander. Die Angst, verraten zu werden, schwand.

Roger überlegte lange, ob er Gabriel sagen könne, dass er den Schlüssel zum unscheinbaren Schrank und auch das Geheimfach im Tisch gefunden hatte. Als er ihm schließlich von dem Inhalt berichtete, schien er überhaupt nicht erstaunt zu sein. Es seien doch, sagte Roger, alles verbotene ketzerische Bücher und Zeichnungen und allerlei Texte und Abbildungen in den Büchern, die, wie es ihm schien, zur Hexerei anstifteten. Um Benedikts Ansehen nicht zu schädigen, müsse man alles verbrennen. Gabriel erwiderte, das müsse man überlegen und er würde die Schriften dann mit ihm, ohne Wissen der anderen, beiseiteschaffen.

Inzwischen hatte Roger die Bücher genauer studiert und meinte bei sich, es könne doch besser an Ort und Stelle geheim bleiben. Seine natürliche Neugier, die Eros bei ihm verursachte, und die Bekanntschaft mit den geheimnisvollen Texten, hatten ihn alle seine Vorsätze vergessen lassen.

So zögerte er, dem Abt, seinem Vertrauten Gabriel, zu sagen, wann die Dinge nun verbrannt werden sollten. Als er dann endlich deswegen zu Gabriel ging, merkte der, dass Roger immer wieder Einwände hatte, es könne doch etwas darunter sein, was man als Argument gegen die Ketzer anbringen könnte, und weitere Gründe. Gabriel merkte sofort, dass Roger, nach dem er wohl vieles studiert hatte, es lieber behalten wollte. Gabriel wusste ja, dass die Zeichnungen der Krüge und auch Bücher über Medizin aus Salerno von ihm stammten. Um ihn bei seiner Rückkehr nicht zu verraten, hatte Benedikt alles versteckt.

Nach gewolltem Zögern meinte auch Gabriel, die Werke könnten vielleicht etwas nutzen, sie sollen am geheimen Ort bleiben, von dem nur sie beide wüssten und es für sich behielten.

Inzwischen war der Graf zurückgekehrt, er hatte erfahren, dass der päpstliche Legat auf Betreiben seines Vetters auf dem Weg nach Hause ermordet wurde. Er war gekommen, um die Grafen des Languedoc dazu aufzurufen, die Katharer inquisitorisch zu verfolgen. Sie waren jedoch nicht dazu bereit und trennten sich im Streit von dem Legaten. Auf der Heimreise wurde er dann ermordet, was später zum Kreuzzug gegen die Albigenser, die Katharer, führte.

Diese Nachricht erreichte auch das Kloster und einige der Brüder waren darüber sehr erbost und forderten Gabriel, ihren Abt, auf, wieder die alte Politik der Verfolgung auf zu nehmen.

Gregor, der dem alten Abt nahegestanden hatte, war der Redeführer. Er achtete streng darauf, dass alles seinen richtigen Gang im Kloster nahm, und war mit der etwas gelockerten Führung Gabriels nicht einverstanden. Als er einmal die Bibliothek betrat, hatte er wohl Bücher liegen sehen, die sich augenscheinlich von den anderen Büchern der Bibliothek unterschieden. Da aber Roger eintrat, konnte er sie nicht weiter betrachten.

Roger war aber so sehr mit seinen Dingen beschäftigt, dass ihn dies alles nicht berührte, die Ketzer waren für ihn keine Ungläubigen mehr, seitdem er liebte.

Es fesselten ihn sowohl die römische Literatur als auch die Abbildungen der Krüge im Schrank und auch die Bücher unter der Tischplatte. Sie enthielten geheimnisvolle Zeichen und entwickelten Gedanken, die ihm fremd waren. Er kam nicht dahinter.

Als er dann die griechischen Texte studierte, stieß er auf Erklärungen, die das Gegenteil von dem behaupteten, was er in der Klosterschule aus der Bibel gelernt hatte. Im Anfang war alles verwirrend, er kannte die Namen der griechischen Schriftsteller nicht, die es verfasst hatten. Die Einordnung dieser Erklärungen in sein biblisches Wissen bereitete ihm zuerst so viel Mühe, dass er nichts davon hielt. Doch die Neugier siegte.

Er verglich die wichtigsten Gedanken miteinander und erkannte, dass sie unterschiedlich waren.

Da war Aristarch, der unter anderem behauptete, die Erde bewege sich im Kreis um die Sonne, wo man doch sehen konnte, dass die Sonne sich bewegte, wie es auch in der Bibel stand. Benedikt, der mit ihm über den Sonnenstand und den Nordstern und viel über die anderen Sterne nachdachte, war nie auf diesen Gedanken gekommen, denn Ptolemäus hatte ja alles mathematisch bewiesen. Roger hätte so gern mit Benedikt darüber gesprochen.

Er erinnerte sich jetzt an zwei Glasscheiben, die Benedikt aus einer Schublade genommen hatte, um des Nachts Mond und Sterne damit zu beobachten, indem er beide Scheiben sich in unterschiedlichen

Abständen vor die Augen hielt. Roger hatte dies nur einmal beobachtet, ihn aber nicht danach gefragt, was es bedeutete. Ganz im hinteren Teil der Lade fand er sie.

Aristoteles behauptete, der Mensch stamme von Tieren ab, obwohl er doch ganz anders aussah, eben so, wie Gott ihn geschaffen hatte. Es gab Diskussionen, was man tun und nicht tun sollte, wo doch Gott schon befohlen hatte, wie es richtig war. Pythagoras sagte, man dürfe kein Fleisch essen. Die Ketzer richteten sich nach ihm, der auch ein Ketzer war. So werden wohl auch die anderen Menschen damals Ketzer gewesen sein, denn sie glaubten an viele Götter.

Nach einigem Überlegen kam er zum Schluss, das alles sei nicht richtig.

Der Graf besuchte mit Frau und Tochter das Kloster, drei Reiter begleiteten sie. Frau und Tochter besuchten mit Bernardus den Kräutergarten und ließen sich von ihm bestimmte Kräuter zeigen. Der Graf informierte Gabriel vom Mord am Legaten, der es seinen Brüdern dann mitteilen wollte.

Roger, der in seiner Bibliothek war, überlegte sich, wie er die Gräfin treffen könnte. Als diese mit ihrer Tochter im Klosterhof erschien, wagte er es nicht, sie zu begrüßen und beobachtete die beiden nur vom Kreuzgang aus. Die Gräfin und Constancia waren enttäuscht, ihn nicht zu treffen. Bei dem Gedanken, er sei hier in ihrer Nähe, steigerte sich in der Gräfin ein Verlangen, das kaum zu ertragen war. So mussten sie, ohne ihn zu sehen, zurückreiten.

Kurz darauf wurde der Graf von seinem Vetter benachrichtigt, dass der Papst sich darum bemühte, ein Heer zusammenzustellen, um den Legaten zu rächen.

Sein Vetter bat ihn, Frau und Töchterchen mitzubringen, damit seine Frau und sein Sohn nicht allein wären, wenn sie die Unterstützung zur Abwehr des Angriffs organisierten.

Die Gräfin sah sich ihrem Ziel nahe, Roger endlich allein zu treffen. Sie fühlte sich plötzlich unwohl und musste das Bett hüten. Die Reise konnte man nicht aufschieben. Constancia hatte sich auch auf die Abwechslung gefreut. Da man Frau und Tochter den langen Ritt ersparen wollte, hatte man einen Wagen angespannt, der von drei Reitern begleitet wurde.

Als die drei abgereist waren, schickte die Gräfin einen Boten zum Kloster und bat Bernardus, ihr Salbei und Liebstöckel schicken. Er möge doch Roger, der auch den entzweigegangenen Kompass reparieren sollte, zu ihr schicken.

Bernardus bat Roger, die Kräuter zur Burg zu bringen. Er wusste von der Abreise der Familie, hatte aber nicht damit gerechnet, dass die Gräfin jetzt allein war. Da er nun plötzlich die Aussicht hatte, seine Wünsche könnten sich erfüllen, überfiel ihn die Furcht, ob seine Vorstellung, die von Bildern und Erzählungen genährt worden war, auch richtig war.

Als er nach einem Grund suchte, nicht gehen zu müssen, standen ihm die Reize der Gräfin vor Augen und er hatte das Gefühl, dass sie die gleichen Wünsche hat. Ihr Verhalten schien es ihm verraten zu haben. Hin und her gerissen, siegte schließlich sein Verlangen und er machte sich auf den Weg.

Ab und zu verharrte er, sein Schritt wurde immer langsamer. Als er sich einem Felsen näherte, den er umgehen musste, kam unverhofft dahinter der Teufel in einem roten Umhang hervor, wie er ihn aus Büchern kannte. Sein fratzenhaftes Gesicht grinste ihn an und er schien ihm zuzuwinken. Erschrocken drehte Roger sich um und lief den Weg zurück. Außer Atem hielt er an.

War es eine Erscheinung oder Wirklichkeit? Er überlegte, ob das Erscheinen des Teufels ein Wink war, sei willkommen zu sein und weiterzugehen, oder eine Drohung. Er ging zurück und näherte sich vorsichtig dem Felsvorsprung. Wie er feststellte, erschien ihm nun der Felsen wirklich wie die Gestalt des Teufels, aber es war nur die Kontur, die an den Teufel erinnert hatte. Er machte sich klar, einem Trugbild erlegen zu sein. In Gedanken setzte er seinen Weg fort.

Ihr Plan gelang, beider Wünsche gingen in Erfüllung. Eine ganze Nacht hatten die beiden Zeit, ihr Verlangen immer wieder zu stillen, er durch die neue Lust und sie durch seine jugendliche Fähigkeit.

Roger hatte sich keine Gedanken über eine Fortsetzung gemacht, als er am frühen Morgen wieder ins Kloster zurück musste. Die Gräfin hatte aber schon überlegt, wie alles geheim bleiben könnte. Durch eine Tür gelangten sie in den Burgfried. Eine Wendeltreppe führte nach unten zu einem Tunnel, der jenseits des wassergefüllten Burggrabens im Wald seinen versteckten Ausgang hatte.

Es war nun leicht für die beiden, sich immer weiter zu treffen. Nach vierzehn Tagen kamen der Graf und seine Tochter zurück.

Auf der Reise war Constancia müde geworden und der Graf nahm seine Tochter auf den Schoß. Ihre weichen Formen und die Wärme ihres Körpers nahm er zum ersten Mal wahr. Die Hemmung, dass es seine Tochter war, fiel von ihm ab.

Es war jetzt für Roger schwieriger, sich mit der Gräfin zu treffen. Gabriel, der Abt, hatte offensichtlich Rogers nächtliche Ausflüge schon seit längerer Zeit bemerkt. Er fand heraus, als er ihn darauf ansprach, worum es sich handelte. Er riet ihm, die Gräfin allmählich nicht weiter zu besuchen, es sei gefährlich, denn wenn einer seiner Mitbrüder seine nächtlichen Ausflüge erkundete, erfahre es sicher der Graf.

Roger beschäftigte sich weiter mit den versteckten Büchern, verglich deren Inhalte mit den Aussagen der Bibel und dachte, wie viele unnötige Gedanken sich die Griechen gemacht hatten, wo doch Gott alles erschaffen hatte. Sonne, Tag und Nacht, Land und Wasser, Himmel und Erde. Die Griechen hatten für alles einen anderen Gott, auch verständlich, für Sonne, Wind, Meer, Fluss, sogar für die Hölle, ihre Unterwelt. Und dann kamen andere, die dies bezweifelten und es aber nicht bewiesen.

Im Traum erschien ihm der Teufel, aber unter seinem roten Umhang sah er Flügel wie von einem Engel und auf der Stirn seines freundlichen Gesichts zeigten sich kleine Hörnchen.

Der Teufel sagte ihm, er habe nun erlebt, wie schön das gewesen sei mit der Gräfin. Der liebe Gott habe ihm dies vorenthalten wollen. Doch er, der Teufel, habe sich in seine Gedanken geschlichen, seine Vorstellung von körperlichen Reizen und der Lust geschürt und ihm ermunternd auf dem Weg zur Gräfin zugewinkt. Der Teufel sei kein Bösewicht, sagte er und verschwand.

Am Tag überfiel ihn beim Studieren oder Meditieren manchmal ein Traum, in dem sich alles Erlebte wiederholte. Er konnte nun sogar selbst handeln, fasste die Weichheiten, erlebte das Beben ihres Äußeren und die Spannung des Inneren. Was er erfahren hatte, konnte er in seiner Fantasie verfeinern. Je heftiger seine Bewegungen wurden, umso stärker nahm er es wahr, und sein Gefühl überwältigte ihn immer wieder. Danach, immer noch vereint, sah er ihr entspanntes Gesicht inmitten ihrer roten Locken, bis ihr Mund ihn wieder aufforderte.

Gregor betrat die Bibliothek und riss ihn aus seinem Traum.

Immer wieder kam Gregor, um sich Bücher zu holen und herauszufinden, welche Werke Roger studierte. Roger hatte es bemerkt und konnte daher leicht ein unverfängliches über das andere, geheime legen, sobald sich die Tür öffnete.

Einmal sah Gregor auch die Glasscheiben, die dort lagen, und fragte Roger, was das wäre, hoffentlich kein Teufelszeug. Roger sagte, er habe sie von Benedikt bekommen, der es benutzte, um besser kleine Dinge zu betrachten. Gregor war neugierig, nahm sie und war erstaunt, als die Buchstaben, die er betrachtete, größer erschienen.

Roger hatte den Eindruck, Gregors Misstrauen ihm gegenüber habe abgenommen, er lieh sich öfter ein Glas und fragte Roger, ob er nicht wüsste, wie Benedikt sie hergestellt hätte.

Die Gräfin war schwanger. Der Graf wunderte sich darüber, er hatte mit ihr seltener geschlafen und hatte es nicht erwartet. Roger bemerkte es gar nicht.

Sie trafen sich, wenn möglich, zuweilen im Wald, wenn der Graf zu Hause war. Wenn er nicht da war, konnten sie es der Tochter wegen im Schloss auch nicht tun. Roger musste dann vorgeben, Gläubige im Dorf zu besuchen, manchmal ging ein Bruder mit, auch die

Schäfchen zu Hause zu treffen. Schwierig für beide war es, wenn er vom Grafen eingeladen war.

Jetzt, wo Roger wusste, was Lust bedeutete, war er nicht abgeneigt, die Annäherungen von Constancia auszukosten, die die Mutter jedoch nicht gern sah.

Roger hatte inzwischen versucht, die Instrumente von Benedikt zu verbessern, sie zu einem Gerät zu verbinden, was ihm gelang.

Außerdem hatte er sich daran gemacht, die Gläser in Abständen zu fixieren, er konnte damit entfernte Gegenstände dem Auge näher bringen. Der Graf war sehr interessiert an seinen Versuchen und wollte unbedingt die Gläser haben.

Woher Benedikt das dicke Glas hatte, wusste er nicht.

Gabriel, sein Freund und Abt, erinnert sich, Glasstücke von seiner Reise aus Sizilien mitgebracht zu haben. Er hatte sie damals achtlos Bernardus gegeben, der sie im Kräutergarten zu einigen Pflanzen gelegt hatte, um zu sehen, was sich dadurch veränderte, sie spiegelten das Sonnenlicht.

Roger fand in den Beeten drei, die aber nicht die Eigenschaft besaßen, Gegenstände optisch zu vergrößern. Er verglich die Form und fand heraus, dass jene, die vergrößerten, gewölbt waren. Nur wenn man durch beide blickte, kamen die Dinge dem Auge näher.

Nach einigen Monaten sah auch Roger bei einem Rendezvous den angeschwollenen Bauch seiner Geliebten. Sie musste ihm, der völlig ahnungslos war, alles erklären und ihm sagen, dass sie ein Kind von ihm bekäme.

Diese Erklärung beschäftigte ihn lange. Sie trafen sich jetzt seltener, ihr Bauch wurde immer dicker, sie meinte, bald käme es heraus und Constancia bekäme ein Geschwisterkind.

Das Leben im Kloster ging seinen Gang. Je mehr er sich mit den Gedanken von Aristoteles und anderen Griechen befasste, die er nicht akzeptieren konnte, lenkten sie ihn, ohne dass er es bemerkte, auf andere Wege, fort von jenem Weg, den er bisher gegangen war. Ihm wurde auch plötzlich bewusst, dass er auch durch seine Liebe zur Gräfin vom Weg abgekommen war.

Er war sich nicht sicher, allen Bitten in seinen Gebeten zum Trotz, seinem jetzigen Glauben folgen zu können.

Bei den griechischen Philosophen traten ihre Götter in den Hintergrund, ja sie wurden nicht einmal erwähnt, Dinge waren die Hauptsache.

Die Ketzer jedoch, so viel war ihm gesagt worden, glaubten auf ihre Art an Gott. Gabriel hatte ihm erklärt, sie seien normal geboren und nicht aus dem Schlund des Teufels gekommen. Was für eine Frau war für ihn die Gräfin, war sie eine Ketzerin? Zweifel über Zweifel plagten ihn.

Die tägliche Litanei, der er mit Inbrunst gefolgt war, berührte ihn nicht mehr. Wie er sich auch bemühte zurückzufinden, es gelang ihm nicht.

Er fühlte immer stärker den Geist von Benedikt in sich, ihm fühlte er sich verwandt. Nach und nach kam ihm in das Gedächtnis, was dieser ihm angedeutet, er aber nicht verstanden hatte. Sollte er Benedikts

Spur folgen oder einen eigenen Weg suchen? Er folgte lieber seinem väterlichen, verstorbenen Mentor.

Roger erfuhr erst, als es der Graf im Klosterhof verkündete, dass die Gräfin einen Sohn geboren hatte. Gabriel als Abt beglückwünschte ihn. Er wendete sich dann an Roger und fragte, wie weit er mit der Fertigung der Gläser sei. Roger antwortete, es sei sehr mühsam, die Glasstücke so zu formen, er meinte, in drei Monaten könne er fertig sein.

Schon drei Monate hatte er seine Geliebte nicht getroffen, er wartete sehnlich auf ein Zeichen, wann sie sich wiedersehen könnten. Vielleicht war ihre Liebe zu ihm erloschen.

Erst vier Wochen später, als er wieder einmal im Wald am Ausgang des Geheimganges wartete, konnte er sie in die Arme nehmen und sie berichtete davon, wie sein Sohn das Licht der Welt erblickt hatte. Es war für sie nahezu unmöglich gewesen, ihn zu treffen, der Graf hatte sie nicht aus den Augen gelassen. Jetzt sei er zu seinem Vetter geritten, um ihm von der Geburt seines Sohnes zu berichten, aber da Constancia, ihre Tochter noch im Haus sei, habe sie sich heimlich davongemacht.

Nach so langer Trennung liebten sie sich länger als gewöhnlich. Sie wunderte sich, dass er sich nicht nach seinem Kind erkundigte, als Mutter war sie doch stolz auf den Sohn. Sie fragte ihn, ob er nicht neugierig sei, seinen Sohn zu sehen. Er hatte nicht daran gedacht, was aus seiner Liebe entstanden war. Es war weit entfernt von seinem Lebensalltag geschehen und er hatte an alles andere gedacht als daran. Natürlich wolle er sein Kind sehen, aber es war im Moment nicht möglich.

Sie würde einmal später mit Constancia in das Kloster kommen, um von Bernardus einige Pflanzen zu holen. Dann könnte ihre Magd ihn in der Wiege mitbringen.

Erst als er wieder in der Bibliothek war, kam es ihm wirklich zu Bewusstsein, dass es sein Sohn war, der ihm aber doch nicht gehörte, sondern dem Grafen. Er hatte ihn dem Grafen geliehen.

Ihm kam der Gedanke, der Kleine müsse doch getauft werden, vielleicht könnte das geschehen, wenn die Gräfin mit ihm das Kloster besuchte. Mit diesem Gedanken ging er zu Gabriel, der ihm dann aber klarmachte, dass die Ketzer kleine Kinder nicht auf die ihm bekannte Weise tauften, sondern erst später mit einem anderen Ritual. Sie legten ihnen das Neue Testament, in ihrer Ketzersprache verfasst, dabei auf den Kopf.

Er machte sich an die mühevolle Arbeit, die Glasscheiben zu schleifen, normaler Sand brachten sie nur unendlich langsam in Form. Gabriel erinnerte sich, dass Benedikt weißen Sand zum Bearbeiten der Gläser benutzt hatte. Er hatte aus weißen Schichten im Fels Brocken gehauen und mit dem Mörser zerkleinert. Roger fand dieses Gestein als Adern im Felsen. Mit dem so gewonnenen Sand ging die Schleifarbeit schneller voran.

Wieder erklangen die Hörner, der Graf kam mit der Gräfin und seiner Tochter im Klosterhof an, den Sohn in der Wiege an seiner Seite auf dem Pferd, im Gefolge der Tross mit fünf Reitern in voller Rüstung. Gabriel und die Mönche versammelten sich im Hof. Graf, Gräfin und Tochter stiegen ab und der Graf stellte seinen Nachfolger vor. Allen war klar, dass eine Taufe nicht stattfinden würde, traten dennoch an die Wiege und schlugen das Kreuz. Roger sah zum ersten Mal seinen

Sohn. Er blickte ihn länger als die anderen an, was auch der Graf bemerkte.

Gabriel, dem der Besuch des Grafen wohl angekündigt worden war, lud seine Gäste zu einem Trunk im Refektorium ein, der Graf saß am Kopf der Tafel, zur einen Seite Constancia und die Gräfin, neben sich die Wiege, dann folgten Roger und Gabriel, ihnen gegenüber die Klosterbrüder. Die Wiege stand zwischen der Gräfin und Roger, so konnte er seinen Blick immer wieder heimlich auf seinen Sohn richten.

Der Kleine wurde unruhig und fing an zu schreien, die Mutter tröstete ihn, indem sie ihn aus der Wiege nahm und auf dem Arm wiegte. Die beiden blickten sich lange in die Augen. Jetzt kam auch Constancia dazu und Roger wurde plötzlich auf ihre Reize aufmerksam.

Die Gesellschaft wurde verabschiedet und Roger zog sich schnell zurück, um seine Gefühle zu beherrschen, denn auf einmal hatte er etwas gespürt, was ihn völlig verwirrte.

Er erinnerte sich plötzlich, dass nach den Höhepunkten der berauschenden Ekstasen ihm etwas wie seine Seele entlief und sich unter Zittern und Schreien in seiner Geliebten einnistete. Jetzt sah er, wie sich ihre Seelen in dem Knaben vereinigt hatten. Auch fühlte er, damals nicht wahrgenommen, immer noch ihren weichen, sich windenden Körper in seinen Armen. Eine Sehnsucht erfasste ihn, dass er augenblicklich zu ihr laufen wollte, doch im Lauf sogleich umkehrte, als ihm klar wurde, was er tat.

Mit den täglichen, fast den gesamten Tag ausfüllenden klösterlichen Ritualen von morgens bis abends versuchte er seine Begierden zu unterdrücken. Langsam nahm auch das Glas die Form einer Linse an.

Roger erinnerte Gabriel daran, dass der Graf auch darauf wartete, von ihm Papier zu erhalten, da er es doch herstellen könne. Gabriel hatte einen Vorrat gefertigt, den er dem Grafen überlassen wolle.

In der freien Zeit fesselten Roger die philosophischen Schriften der Griechen und die frivolen Schriften der Römer. Wie andere in seiner Zeit versuchte er, diese Werke mit seinem Glauben in Einklang zu bringen, um nicht abtrünnig zu werden. Benedikt hatte ihm vieles erzählt, was er nun, da er davon las, verstand.

Seine Studien ließen ihn seine Umgebung vergessen, auch machte er sich keine Gedanken, ob außer Gabriel, der davon wusste, nicht jemand ahnte, wie sehr er sich wünschte, sich wieder mit der Gräfin treffen zu können.

Gregor jedoch war Roger gefolgt, nachdem er schon einige Male bemerkt hatte, wie er nach der Messe das Kloster verlassen hatte. Doch auf dem Weg durch den Wald in Richtung der Burg verlor er ihn aus den Augen. Außerdem vermutete Gregor, Roger lese vielleicht die verbotenen Bücher, denn wenn er zu ihm in die Bibliothek kam, verdeckte Roger hastig etwas mit einer frommen Schrift. Um endlich dahinter zu kommen, was Roger im Wald treibt, versteckte er sich vor der Burg, bis Roger an ihm vorbeiging und plötzlich im Gebüsch verschwand.

Gabriel, der Abt, rief Roger zu sich und erzählte ihm von den Beobachtungen Gregors und riet Roger, sich vor ihm in Acht zu nehmen. Gregor ahne zwar nichts von den Treffen mit der Gräfin. Aber er habe beim Besuch der Gräfin mit ihrem Sohn genau beobachtet, wie Roger den Sohn lange ansah und mit der Gräfin Blicke tauschte, meinte Gabriel. Was in Gregors Kopf vorging, könne man nicht wissen.

Vielleicht habe er doch einmal ein Rendezvous der beiden im Wald beobachtet. Ansonsten habe Gabriel versucht, Gregors Argwohn mit Erklärungen zu zerstreuen. Er habe ihm gesagt, Roger suche im Wald und an den Felsen unterhalb der Burg jenes weiße Gestein, das sich gut dazu eigne, Glas zu schleifen, denn er wolle ja, wie alle wüssten, Benedikts Gläser nachmachen.

Roger war sehr beunruhigt und wollte, wenn er sich in Zukunft davonschlich, genau erkunden, wo Gregor sich aufhielt, damit er ihm nicht folgte.

Argwöhnisch beobachtete Roger Gregors Verhalten, und sorgte dafür, dass die verbotenen Bücher schnell verschwinden konnten, wenn Gregor eintrat.

Es schien so, als ob Gregor wusste, dass Roger verbotene Bücher las, denn er sagte ihm offen, er kenne deren Inhalte. Roger war völlig überrascht.

Und er erfuhr von Gregor, dass er, bevor er in dieses Kloster kam, einem Benediktinerorden beigetreten sei, weil er in seinem weltlichen Leben keinen Sinn mehr gesehen habe. Die Bücher aus seinem Besitz habe er der Bibliothek in Carcassonne überlassen. Benedikt, dem früheren Bibliothekar, habe er, als er dessen Uhren, den Kompass und seine Sternbeobachtung bemerkte, sein Interesse an wissenschaftlichen Dingen, die er früher gelesen und denen er beim Eintritt in das Kloster abgeschworen habe, bekundet. Benedikt habe ihm gezeigt, wo er die Bücher finden konnte. Er habe aber Angst gehabt, wenn er sich wieder mit den Büchern beschäftige, sein Gelübde nicht mehr einhalten zu können und habe sie daher nicht in die Hand genommen. Er sagte Roger, man könne diese Bücher lesen und erkennen, dass deren Inhalte dem richtigen Glauben entgegenstünden. Roger nahm an, es sei eine Falle und antwortete nicht zustimmend.

Gregor ging noch weiter. Er habe bemerkt, wie Roger die Frau Gräfin mit seinen Blicken verschlungen habe. Er könne es verstehen, sie sei reizend anzuschauen, aber doch eine Ketzerin. Der Teufel verwandele sie in seinen Augen in Maria, um ihn zu täuschen.

Des Grafen Sohn sähe auch aus wie ein Engel, obwohl er von einer Ungläubigen geboren sei, auch dies sei aus seiner Sicht ein Trugbild des Teufels, und der Sohn gleiche eher ihm, Roger, wie er sich ihn als Kind vorstelle. Waren dies alles versteckte Andeutungen, hatte Gregor ihn wirklich mit der Gräfin bei ihren Treffen beobachtet.

Der Graf war wiederholt mit seinen Soldaten zur Verteidigung seines Besitzes und zum Schutz der Katharer in den Krieg gezogen und längere Zeit nicht im Schloss. Zuweilen kamen Brüder zu Besuch und berichteten, es werde bald mit den Ungläubigen zu Ende gehen. Gabriel sagte Roger, auch die gräfliche Familie sei in Gefahr, wenn der Graf und seine Verbündeten den Angriffen der päpstlichen und französischen Truppen nicht standhalten könnten.

Dies bereitete wohl auch der Gräfin Sorgen, denn sie war nicht mehr so oft wie früher bereit, sich mit Roger zu treffen. Auch wich die Tochter nicht von der Seite der Mutter und des Bruders. Ihre Brüder und weitere Verwandte waren in den Krieg verwickelt und viele ihrer früheren Freunde hatten bereits den Tod gefunden.

Bei einem Treffen war Roger überrascht, dass auch die Tochter mitkam. Geschickt erklärte ihm die Gräfin, Constancia habe gefragt, wann er denn einmal käme. Roger, der sich auf die Liebe gefreut hatte, war darauf nicht vorbereitet. Mutter und Tochter trugen ihre langen losen Gewänder, die, wie er wusste, bei der Liebe nicht hinderlich waren. Die Gräfin bemerkte, als sie voreinander standen, seine Unsicherheit. Sie setzten sich ins weiche Gras, an der Stelle, wo sie sich immer trafen.

Roger blickte die Gräfin an und sie schien seine Hilfslosigkeit zu bemerken. Constancia saß links von ihm. In dem Blick seiner Geliebten suchte er nach einer Antwort, sie sah ihn so liebend an wie immer. Er aber konnte doch nicht in der Gegenwart ihrer Tochter das tun, nach dem er sich so sehnte. Sie nahm ihm die Entscheidung ab, indem sie ihren Arm um seinen Hals schlang, und ihn küsste. Ein wenig zögernd sah er Constancia an, die zuschaute. Dann aber überwältigte ihn sein Verlangen, er vergaß die Tochter und sie liebten sich.

In die Wirklichkeit zurückgekehrt, waren sie immer noch vereint, die Augen der Gräfin waren geschlossen. Constancia saß mit gerötetem Gesicht daneben und sah Roger mit strahlenden Augen an. Schnell erhob er sich und bedeckte sich und ihre Mutter, die noch still dalag. Er wagte zunächst nicht, die Tochter anzuschauen, und stand da und wusste nicht weiter. Sie lag halbaufgestützt und blickte ihn an. Er sah unter ihrem geschürzten Kleid ihre weißen Beine und ihre Brüste, die spitz den Stoff anhoben.

Plötzlich ertönte, nicht sehr entfernt vom Ort ihres Stelldicheins, das ihnen wohlbekannte Horn, das die Rückkehr des Grafen anzeigte. Die Gräfin setzt sich auf, sah Roger und ihre Tochter an, erhob sich, strich ihr Kleid glatt und stand vor den beiden Erschreckten. Sie nahm ihre Tochter bei der Hand. Sie küsste Roger, ihm war klar, dass er nicht mit den beiden gehen konnte, sie trennten sich.

Die Gräfin und ihre Tochter empfingen den Heerzug noch auf dem Weg. Ein herzliches Wiedersehen, der Graf stieg vom Pferd, umarmte beide. Sie gingen gemeinsam hinauf zur Burg.

Auf dem Weg zum Kloster machte sich Roger Gedanken, warum die Gräfin es im Angesicht ihrer Tochter gewagt hatte, ihn zu lieben. Es war ihm erst jetzt bewusst, was sie alles gesehen haben musste. Würde sie es nicht dem Vater erzählen? Irgendwie war er sicher, dass es nicht geschähe. Aber warum, das konnte er sich nicht denken.

Dem Tagesablauf im Kloster mit den Gebeten und Gesängen folgte, er ohne dessen Sinn zu erfassen. Ihm wurde plötzlich klar, welche Überzeugung sich in seinem Innern allmählich entwickelt hatte: Die Katharer konnten keine Ketzer sein.

Bei einem Besuch hatte er das Neue Testament aufgeschlagen auf dem Tisch der Gräfin liegen sehen. Als sie ihn kurz verließ, las er darin und es stand in seiner Heimatsprache geschrieben, was ihm auch aus der lateinischen Bibel bekannt war. Sie zögerte einen Augenblick, als sie ihn bei ihrer Rückkehr lesend fand, und sagte dann: „Du liest in der Katharerbibel, sie gleicht deiner, nur ist sie in der Sprache des Languedoc verfasst." Er wagte nicht einmal, mit seinem Freund Gabriel darüber zu sprechen.

Kurz nach seiner Rückkehr besuchte der Graf das Kloster in Begleitung seiner Frau und Constancia. Sie stiegen mit Hilfe der Knappen von den Pferden. Die Gräfin und ihre Tochter verhielten sich Roger gegenüber wie Fremde. Für Roger war es sehr schwer, auch so zu tun.

Alle, an der Spitze der Abt Gabriel, Roger, Gregor, Bernardus und die anderen folgten. Der Graf begrüßte alle Mönche, aber besonders

Gabriel und Roger, als er Gregor ansah, der seine Kapuze ein wenig mehr in die Stirn gezogen hatte, schien er zu stutzen. Als die Gräfin und Constancia vor Roger standen, blinzelten sie ihm heimlich zu.

Der Graf lobte Gabriel, dass er die Katharer nicht mehr behelligte und versprach ihm weiteres Land zur Bewirtung. Er fragte ihn, ob es ihm gelungen sei, mehr Papier herzustellen, und Gabriel eilte sich, ihm eine Anzahl Bogen zu übergeben. Weil das Papier aber zuvor nur mit einem Pinsel beschrieben werden konnte, hatte er es jetzt so präpariert, dass man auch mit einer Feder darauf schreiben konnte.

Er hatte auch nicht vergessen, dass Roger Glas bearbeitete, und Roger zeigte ihm die zusammengesetzten Linsen von Benedikt, mit denen man die Ferne heranholen konnte. Er habe das Glas noch nicht in die nötige Form gebracht, um das zu erreichen, aber er meinte es bald erreicht zu haben. Der Graf, so meinte Roger, betrachtete ihn forschend und nachdenklich. Es überlief ihn kalt und er wäre beinahe gestrauchelt, er dachte, der Graf wisse alles. Dieser aber sagte, er benötige die Gläser, denn damit könne man den Feind eher sehen und ihn bekämpfen.

Die frohen Blicke der Gräfin und Constancias beim Abschied ließen ihn schnell seine Angst vergessen.

Gregor suchte immer öfter Rogers Nähe, der nicht zu bemerken schien und auch nicht ahnen konnte, dass er ihn gern hatte. Er erzählte Roger, wenn sie ungestört in der Bibliothek waren, von seinem früheren Leben.

Er war ehemals ein berühmter Troubadour, der auf vielen Schlössern zur Laute gesungen hatte. Die Damen und Herren liebten sein Spiel und die Verse, die er dazu gedichtet hatte. Neulich hatte er, als ihn der Graf genau ansah, Bedenken, dass er ihn wiedererkenne.

Auf dem Weg zu einer Burg der Grafen von C. hatte er vor vielen Jahren im dichten Gebüsch ein junges Mädchen mit einem jungen Mann bemerkt, die er wieder auf der Burg traf. Die beiden hatten wohl gemerkt, dass er sie gesehen hatte, und fürchteten, er werde sie verraten. Heimlich kam das Mädchen zu ihm und bat ihn zu schweigen, was er ihr gegen einen Kuss versprach. Die beiden seien der heutige Graf und die Gräfin gewesen.

Rogers Misstrauen gegenüber Gregor, der ihn mit seinen Erlebnissen in den Schlössern und Burgen unterhielt, war verflogen. Er war sich nicht im Klaren, ob Gregor seine Beziehung zur Gräfin vermutete oder beobachtet hatte.

Er machte sich verstärkt an das Schleifen der Gläser. Er fragte Gabriel nach den Gründen, warum der Graf immer wieder mit seinen Soldaten ausrückte. Gabriel, der nur sporadisch durch Mönche, die vorüberkamen, von den Ereignissen erfuhr, sagte, es ginge immer um die Verfolgung der Ungläubigen durch den Papst. Der Graf und seine Verwandten schützten sie. Es sei ein Krieg, einmal siegte der eine, ein anderes Mal die anderen. Bisher sei seine Burg von den Kriegen verschont worden, andere Wohnorte der Ungläubigen seien zerstört.

Plötzlich wurde Roger klar, dass er sich nur in seiner Gedankenwelt befand. Mit aller Wucht stürzte sich plötzlich die Wirklichkeit auf ihn und zerstörte sie. Einerseits war da noch immer das Gelübde, an dem er festhalten wollte, andererseits war er trotz seiner Entschlossenheit ins Wanken geraten durch das Erlebnis der Liebesgefühle und die Erkenntnisse der griechischen Philosophen. Ein großer Teil des

Glaubens, der ihn seit seiner Jugend gefesselt hatte, fiel von ihm ab. Der reine Gott, aller Hüllen entledigt, stand nun vor seinen Augen.

Er fand die Liebe wieder, die er scheinbar verloren hatte, und damit die Sehnsucht. Er erinnerte sich, wie Constancia alles gesehen hatte, als er die Mutter geliebt hatte. Es war für ihn immer noch ein Rätsel, warum die Mutter es wollte.

Der Gedanke, das Mönchtum aufzugeben, kam ihm nicht. Gregor hatte ihm zwar die fremde Welt außerhalb der Klostermauern vorgestellt, doch er war sich nicht sicher, ob er in ihr leben wollte.

Roger war gegen Mittag mit dem Schleifen seiner Gläser beschäftigt, als er vom Lärm klirrender Eisen erschreckt wurde. Er trat ans Fenster und sah, dass in der Mitte des Klosterhofes mehrere Kreuzritter in ihrer weißen Tracht von den Pferden stiegen. Sie riefen nach dem Abt. Gabriel erschien und der Anführer begrüßte ihn. Roger und die anderen waren nun hinzugekommen. Die Ritter wollten ihre Zelte auf der Wiese aufschlagen.

Der Seneschall der Truppe war ein Cousin des Grafen. Er machte sich sogleich auf den Weg zur Burg. Die anderen bauten Zelte auf. Am felsigen Abhang unterhalb des Klosters standen die Wagen mit der Ausrüstung.

Gabriel hatte Roger von seinen früheren Erlebnissen mit den Templern erzählt und er konnte sie nun hier beobachten. Sie fühlten sich im Kloster wie zuhause. Rogers Gedanken traten durch die Ereignisse in den Hintergrund.

Nach zwei Tagen kam der Graf mit seinem Cousin Pierre. Sie besuchten zuerst das Feldlager und stiegen dann im Klosterhof, von einigen

Tempelrittern begleitet, von ihren Pferden. Gabriel ließ im Refektorium Wein kredenzen.

Zu Gabriels Überraschung verlangten die beiden Roger zu sehen. Als er eintrat, sah man ihm seine Unsicherheit an. Er blieb stehen. Der Graf winkte ihn näherzutreten. Zum ersten Mal sah Roger in das Gesicht des Tempelritters mit schwarz-silbernem Haar, Bart und einer Kette aus Gold über seinem weißen Gewand. Forschend sah er den Mönch an und sagte leise etwas zu dem Grafen, was Roger nicht verstand. Der Graf fragte Roger, wie weit denn seine Gläser zum Gebrauch wären, Roger antwortete sichtlich verstört, bald könne man sie benutzen. Roger meinte, er könne nun gehen und wandte sich ab, der Templer jedoch rief ihn zurück und reichte ihm die Hand, deren kräftiger Druck ihn überraschte.

In der nachfolgenden Besprechung der Ritter erfuhr Gabriel, dass sie sich in nächster Zeit trennen und zu ihren Familie zurückgehen würden.

Am nächsten Tag rief Gabriel Roger zu sich, der nun die Geschichte seiner Herkunft erfuhr: Roger war der illegitime Sohn des Templers, seine Mutter die junge Tochter des Verwalters seines Vaters. Rogers Mutter hatte die Folgen ihrer Beziehung zu Pierre, dem Sohn des Vize-Grafen de P. verschwiegen. Roger kam als Baby in das Nonnenkloster in R., wo er bis zu seinem sechsten Lebensjahr blieb. Seine Jugend und Ausbildung verbrachte er dann in einem Benediktinerkloster, in dem sich auch Benedikt war. Er folgte darauf Benedikt hierher.

Pierre de P. war als achtzehnjähriger Tempelritter zu einem Kreuzzug gegen Saladin ins Heilige Land gezogen und kam jetzt zum ersten Mal wieder heim. Als er bei seiner Rückkehr den Verfall der Burg sah und erfuhr, dass seine Eltern getötet worden waren, suchte er nach jemandem, der ihm das Geschehene berichten könnte.

Auf dem Feld fand er eine Familie aus dem kleinen Dorf. Der Bauer erzählte ihm, wie die Burg von Soldaten zuerst beschossen und dann gestürmt wurde. Bei der Verteidigung verloren sein Vater, seine Leute und der Verwalter ihr Leben, die Mutter wollten sie vor ein Gericht stellen. Die Frau des Verwalters und ihre Tochter entkamen. Sie wollten zum Gut ihres Bruders flüchten.

Der Anführer der Soldaten sagte damals dem Bauern, ein anderer Herr käme auf die Burg. Seit dieser Zeit wurden die Äcker nicht mehr bestellt, doch es kam auch kein neuer Herr.

Entsetzt zog Pierre dann mit seinen Rittern zu seinem Cousin. Dieser berichtete ihm, dass er mit anderen damals die Erstürmung der Burg nicht verhindern konnte, sie waren zu spät gekommen. Immer wieder waren sie ausgerückt, um auch andere Städte zu verteidigen.

Dies alles hatten der Graf und der Templer Gabriel erzählt, um Roger auf ein anderes Leben vorzubereiten.

Gabriel fand Roger in der Bibliothek beim Schleifen der Gläser. Er setzte sich zu ihm und zögerte zuerst, dann aber berichtete er, wie es der Graf und sein Cousin ihm aufgetragen hatten, Roger von seiner Herkunft und was sein Vater beabsichtigte, weiter zu tun.

Roger hörte, so schien es Gabriel, die Geschichte ohne Regung, wie eine ihm fremde Erzählung, an. Er saß da und rührte sich nicht. Gabriel ließ ihn allein.

Eben noch bewegten Roger die Gedanken um die Liebe und sein Mönchtum und welchen Weg er gehen sollte, da wurde ihm nun ein anderer vorgeschrieben.

Im Ritus der Tage fand er Gelegenheit, alles zu ordnen. Es blieb ihm, so sah er ein, keine Wahl. Gabriel konnte ihn von seinem Gelübde befreien und ihm so den Weg zu einem anderen Leben freimachen.

Gabriel hatte schon lange Zeit die Wandlung in Rogers Wesen bemerkt. Die Welt war ihm immer nähergekommen. Er hatte in Gesprächen über die Inhalte der „verbotenen" Bücher, die Roger völlig gefangen genommen hatten, bemerkt, wie er sich immer weiter vom Glauben, eben seinem Mönchtum, entfernte. Er hatte Roger nicht daran gehindert. Die Freundschaft mit ihm war so stark, dass er ihm nicht etwas aufzwingen wollte, was ihn in große Gewissensnöte brächte und letztendlich erfolglos wäre.

Rogers Vater hatte mit Gabriel besprochen, ihm einige Zeit zu geben, alles zu begreifen. Inzwischen wurden nach und nach die Zelte der Templer abgebrochen und die Ritter verließen mit Pferd und Wagen die Wiese. Das Zelt von Pierre de P. und zwei Wagen blieben zurück, bewacht von einem Bruder.

Roger selbst war seine Herkunft bisher nicht bekannt gewesen, nur Benedikt wusste davon und hatte es ihm erst später sagen wollen.

In weltlicher Rittertracht mit Schwert und Barett kam sein Vater mit dem Grafen geritten und rief ihn und Gabriel. Er umarmte seinen Sohn, der die Umarmung nur scheu erwiderte. Roger hatte nach einer Unterredung mit Gabriel beschlossen, seinem Vater zu folgen.

Sein Abschied am nächsten Tag und die Lossagung vom Gelübde wurden mit den Brüdern in der Klosterkapelle feierlich vollzogen. Gregor nickte ihm unbemerkt augenzwinkernd zu und Gabriel zog seine Kapuze weiter über den Kopf, um seine Rührung zu verbergen.

Zu Rogers Überraschung kamen sein Vater, der Graf, Gräfin und Tochter, um ihn abzuholen. Sie hatten ihm weltliche, seinem Stand gemäße Kleidung mitgebracht. Völlig ungewohnt und eingeengt fühlte sich Roger darin, steif waren seine Haltung und Bewegung, was alle amüsiert bemerkten. Sie wollten einige Tage auf der Burg bleiben, um weiteres zu besprechen. Die verfallene Burg in P. sollte aufgebaut und befestigt werden.

Der Weg zur Burg war steil, die schwer beladenen Wagen wurden von zwei Pferden gezogen. Der Templerbruder von Pierre musste Roger, der noch nie auf einem Pferd gesessen hatte, helfen. Die Zügel sollte er lockerlassen, das Pferd folgte den anderen von selbst.

Die Kavalkade zog zur Burg. Die Wagen standen, bewacht vom neugierigen Knappen des Grafen, auf dem Burghof.

Es wurde ein Fest gefeiert. Immer noch kam es Roger vor wie ein Traum. Er war in eine andere Welt versetzt. Auch seine Gefühle waren mitgewandert. Die Liebe zur Gräfin, der Reiz der Tochter waren nicht mehr da. So belastete ihn ihre Nähe nicht.

Roger und sein Vater nächtigten zusammen in der Schlafkammer, die sich neben der von Constancia befand. Vom Fest müde fielen sie ins Bett.

Am nächsten Morgen wurde beratschlagt, was weiter zu tun sei. Pierre und Roger wollten mit einem Wagen und den Pferden in drei Tagen abreisen, um die zerstörte Burg zu erreichen. Dort sollte dann der Aufbau sogleich beginnen, um sie bald wieder bewohnbar zu machen.

In den Wagen waren Kisten mit Gold, Silber und Edelsteinen. Es war ein Teil des Vermögens, den sie mitnehmen mussten, um den Aufbau von P. zu bezahlen, das Übrige sollte verborgen werden.

Das Versteck war nur dem Grafen bekannt, es war schwierig, die Kisten dorthin zu bringen, ohne dass Unbefugte davon Kenntnis bekommen. So trugen die vier, der Graf, Pierre, Roger und David, in den Nächten die Kisten durch den Burgfried in den Tunnel. Roger war dieser Weg, den er bei seinen Besuchen oft gegangen war, gut bekannt. Er hatte aber nicht bemerkt, dass, durch einen Felsen verdeckt, eine Abzweigung in das Versteck führte. Der schlaue Knappe verfolgte heimlich diese Transporte.

Als Roger sich verabschiedete, standen der Gräfin Tränen in den Augen und ihr Blick zeigte noch immer ihre Liebe zu ihm. Nun traf ihn die Erinnerung wie ein Blitz, alles verschwamm vor seinen Augen, er schwankte, aber er konnte sich aufrecht halten.

Mit zwei Wagen und den Pferden machten sie sich auf den Weg. Pierre musste seinen Sohn, der zuweilen zu träumen schien, aufmuntern, indem er ihn auf die Gegend aufmerksam machte und ihn im Reiten unterwies, den Galopp wagte er noch nicht und der Umgang mit dem Schwert wurde ihm beim Rasten erklärt. Sie wollten einen Umweg machen, denn der Bauer hatte vermutet, dass Rogers Mutter und Großmutter auf einem Gut in einem Dorf sein könnten, das abseits des ursprünglich geplanten Wegs lag. Pierre erinnerte sich nur ungenau an den Namen.

Auf dem Gut sagte man ihnen, der Besitzer sei verstorben und das Anwesen verkauft. Die ältere Dame, die einst mit ihrer Tochter hierhergekommen war, sei gestorben, die Tochter in die Stadt P. gegangen. Nun hatten die beiden einen Anhaltspunkt, wo sie weiter nach Rogers Mutter suchen konnten, wenn es auch in der großen Stadt nicht einfach sein würde, sie zu finden.

Als sie die verwüstete Burg erreichten, gingen sie daran, einen erhaltenen Teil als Wohnung auszubauen. Handwerker, Maurer, Steinmetze, Zimmerer und Schmiede mussten gefunden werden, und Roger, von seinem Vater angeleitet, hatte damit viel Arbeit. Jetzt zeigte sich seine eigentliche Natur, die das Mönchtum verborgen hatte. Es kam ihm vieles in den Sinn, was er aus den verbotenen Büchern gelernt hatte.

Steine, aus Steinbrüchen herangeschafft, mussten von den Steinmetzen bearbeitet werden. Wider Erwarten war der größte Teil der Burg noch erhalten, Steine verbrennen nicht, das starke Mauerwerk hatte man nur zum Teil zerstört und es konnte einfacher hergerichtet werden. Pierre hatte so viel Gold und Wertvolles mitgebracht, dass es möglich war, die Handwerker gut zu bezahlen. Es brauchte aber doch ein Jahr, um das ausgebrannte Innere der Burg bewohnbar zu machen. Die Ländereien wurden verpachtet. Roger war nach diesem einen Jahr völlig mit allen notwendigen Aufgaben vertraut. Unterricht im Umgang mit Schwert, Bogen und Lanze bekam er von Pierre und dem Laienbruder David.

Die Zeit verging im Nu.

Pierre war immer wieder erstaunt über die überlegte Art und Weise, wie Roger seine Aufgaben löste. Er hatte während seiner Zeit als Ritter nichts anders als das Kriegshandwerk im Sinn gehabt und im Gespräch mit seinem Sohn erinnerte sich nun an all das, was er einst als Schüler in einem Kloster gelernt hatte. Beide konnten sich nicht vorstellen, Vater und Sohn zu sein. Der Ritter mit seinen Kriegern, Roger mit den Brüdern. Mit dem Mord an Benedikt hatte Roger einen Vater verloren, aber bisher in Pierre noch keinen Ersatz gefunden. Eine Kameradschaft war entstanden, aber keine Blutsverwandtschaft.

Pierre erzählte seinem Sohn, wie dessen Mutter und er schon als Kinder zusammengespielt haben. Als er, von seinem Vater dazu bestimmt, als Tempelritter in die Welt hinaus musste, hatten sie sich geliebt. Sie war damals sechzehn Jahre alt. Er hatte nichts von Rogers Geburt und seinem Schicksal erfahren. Erst sein Cousin, der Graf, hatte ihn auf Rogers Ähnlichkeit mit ihm aufmerksam gemacht. Die Gräfin hatte sich mit ihrem Mann darüber unterhalten, als Roger einmal mit Benedikt auf die Burg kam. Beim nächsten Besuch waren sie dann sicher gewesen, in Roger wirklich den Sohn des Tempelritters gefunden zu haben. Roger hatte dies alles bereits von Gabriel erfahren, es aber nicht so erlebt, wie nun von seinem Vater berichtet. Allmählich sah er Pierre anders und ihre Gefühle für einander glichen bald denen von Vater und Sohn.

Jetzt konnten sie daran denken, seine Mutter zu suchen. So machten sie sich auf den Weg nach P., wo sie sich vielleicht noch aufhielt. Die Stadt war groß. Die Geschäftigkeit und die vielen Menschen verwirrten Roger und er verlor beinahe den Mut, weiterzusuchen. Aber sein Vater merkte dies und ermunterte ihn. Sie streiften umher und stießen auf eine kleine Kapelle.

Der Priester meinte, es kämen viele Frauen aus der Umgebung hierher, die bei den reichen Familien als Bedienstete eingestellt werden, er kenne einige. Wie sie denn heiße. Auda Laurac? Dem Namen nach eine Katharerin also, es seien vor einiger Zeit einige hier erschienen, seien dann aber verschwunden, er hätte sie sonst schon angeklagt. Ja, er könne vermuten, wohin sie gegangen sei, wahrscheinlich in eine der Katharergemeinden.

Es war keine erfreuliche Auskunft. Auf die Burg zurückgekehrt, überlegten sie, vielleicht wäre seine Mutter gar nicht so weit gereist.

In das kleine Dorf, die meisten Einwohner waren Katharer, kam ab und zu ein Diakon, der wusste, dass der Sohn als Tempelritter nach Jerusalem gezogen war. Im Kampf um die Burg waren alle getötet worden, seine Mutter war eine Katharerin. Sie wurde verurteilt und verbrannt. Niemand hatte sich mehr um die Burg gekümmert, auch war kein anderer Herr gekommen, um die Burg in Besitz zu nehmen. Nun wunderte er sich, dass die Burg wiederaufgebaut wurde, doch weil er nicht ahnte, wer sie aufbaute, hatte er sich erst jetzt dorthin zu gehen getraut.

Pierre sah an seiner Kleidung, als dieser ihm, von einigen Arbeitern begrüßt, entgegentrat, dass es ein Katharer sein könnte. Der Diakon sah wohl auch, dass Pierre der Burgherr war. Unsicher, wen er vor sich hatte, sprach der Diakon sich zuerst lobend über den Aufbau aus, was wohl auch der kleinen Gemeinde im Dorf zugutekomme. Er hielt es für möglich, dass vielleicht kein Freund seiner Kirche hier einziehen wollte, und war erstaunt, nicht abgewiesen zu werden.

Er gab sich dann als Diakon der Katharischen Kirche zu erkennen, der ihre Mitglieder schon seit langer Zeit betreute. Inzwischen war auch Roger hinzugekommen. Der Diakon war ein alter Mann, der auf seinen Stock gestützt dastand. Es war heiß und der Weg zur Burg hinauf war steil und er schien erschöpft. Sie führten ihn über den Hof und baten ihn in die Burg, wo sie ihm im kühlen Pförtnerhaus Wasser anboten.

Neugierig betrachteten sie einander. Der Diakon hatte sich erholt und sammelte seine Gedanken. Er kannte die frühere Herrschaft und den Bericht über die Zerstörung der Burg. Jetzt war es nur ein Gedankengang, der ihn dahin führte, dass ihm der Sohn gegenübersaß, der als Tempelritter nach Jerusalem gezogen war. Er verneigte sich, Pierre sei wohl Herr von P.

Pierre und Roger waren begierig alles zu erfahren, was der Diakon wusste und so entspann sich ein langes Gespräch, in dem auch zur Sprache kam, dass sie die Mutter von Roger suchten. Der Diakon fragte sie nach ihrem Namen. Er sagte, eine Frau namens Auda sei ihm in C., einem kleinen Dorf, begegnet. Sie halte sich aber meist in der Burg Q. auf.

Pierre und Roger sahen sich an und konnten vor lauter Aufregung nichts sagen. Es kam bei ihnen kein Zweifel auf, dass sie es war. Der Diakon verabschiedete sich und ließ die beiden Sprachlosen allein.

Die Burg Q. lag nicht weit entfernt, Vater und Sohn hätten sich am liebsten sofort auf den Weg gemacht. Nach den notwendigen Vorbereitungen brachen sie am nächsten Tag mit drei Pferden auf. Der Laienbruder blieb auf der Burg.

Sie ritten mit leichter Bewaffnung, Bogen, Lanzen, Schwert, und leichten Kettenhemden unter dem Rock. Unbehelligt erreichten sie das Dorf C. Von der Ferne sahen sie Frauen, die, als sie sich näherten, in ihren Häusern verschwanden. Als sie einritten, war kein Mensch zu mehr zu sehen.

Auf dem Dorfplatz stiegen sie ab und klopften an die Tür des größten Hauses. Sie wollten eintreten, aber die Tür war verschlossen. Sie bemerkten nicht, dass ein Mädchen auf der Rückseite weglief.

Gerade wollten sie zur nahegelegenen Burg reiten, als eine Anzahl von Männern erschien. Sie hielten in den Händen, Sensen, Sicheln und Dreschflegel.

Roger und Pierre stiegen von ihren Pferden, um zu zeigen, dass sie in friedlicher Absicht hier seien. Nun kamen auch Frauen und Mädchen herbei. Einer der Männer, offensichtlich der Älteste, fragte nach ihrem Begehren. Pierre sagte, sie suchten eine Verwandte, die sie in dieser Gegend vermuteten. Der Mann lud die beiden in sein Haus ein, sie legten vorher ihre Waffen im Flur ab.

Als sie am Tisch saßen hörten sie plötzlich Waffengeklirr, herein stürmte ein Ritter, das Schwert in der Hand. Durch das Fenster konnte man eine Anzahl Bewaffneter sehen. Als er die Tischgesellschaft sah, steckte er sein Schwert in die Scheide und verneigte sich vor Pierre, der sich erhoben hatte.

Pierre stellte sich und Roger dem Burgherrn von Q. vor, der alarmiert worden war und sofort hierher geritten kam. Nach kurzem Gespräch war alles geklärt. Der Ritter kannte die Geschichte von P., er war damals mit dem Grafen von F. zu spät gekommen, um die Burg retten. Jetzt erfuhr er, dass der Sohn zurückgekehrt war und die Burg wiederaufbaute.

Warum waren die beiden jetzt hier, fragte er. Kaum war der Name der Mutter gefallen, fast schrie es der Burgherr, diese Dame sei bei ihnen und die Freundin seiner Frau. Er kenne ihr Schicksal, habe aber bisher nicht gewusst, dass jemand aus der Familie noch am Leben sei.

Pierre und Roger schlug das Herz bei dieser Nachricht bis zu Halse. Im gleichen Augenblick fürchteten sie sich vor dem Treffen. Sie kannten sich überhaupt nicht, wie sah sie aus und wie würde sie sich verhalten. Eine gewisse Angst beschlich beide. Sie fragten Robert, den Herrn von Q., wie Auda diese Überraschung ertragen würde; er teilte die Bedenken offensichtlich nicht. Sie hätte ihre Freude am Leben wiedergefunden, seine Frau sei glücklich, sie als Freundin zu haben. Vielleicht würden nachher beide traurig sein, sich wieder trennen zu müssen, aber der Weg hierher sei ja nicht so weit. Robert hatte schon weitergedacht. Pierre und Roger waren etwas beruhigt.

Auf dem Weg zur Burg überfiel sie wieder die Unsicherheit, einen Weg zurück gab es aber nicht.

Jetzt traf die ganze bewaffnete Schar auf dem Burghof ein, zwei Frauen standen auf der Freitreppe des Burghauses, beide in den langen Gewändern der Katharer, schlank, die Gesichter umhüllt von dunklem Haar. Es war wohl die Burgherrin, die ihren Mann, als er vom Pferd stieg, fragte, was denn geschehen sei. Pierre und Roger daneben stiegen ebenfalls ab, Roger hielt die Pferde am Zügel. Erst jetzt bemerkte die Hausherrin Pierre und Roger, die nicht zu den ihren gehörten. Robert stellte Pierre und dessen Sohn vor. Die beiden waren ihr nicht bekannt, vielleicht hatte sie aber auch den Namen nicht richtig gehört. Auda an ihrer Seite hörte ihn wohl, war sich aber nicht sicher, ob sie richtig verstanden hatte. Alle fünf gingen, von der Burgherrin und ihrer Freundin angeführt in die Kemenate.

Robert saß am Kopf des Tisches, Auda gegenüber Pierre. Die Burgherrin, gegenüber Roger platziert, betrachtete die beiden ihr fremden Gäste. Sie waren ihr nicht unsympathisch, aber weiter dachte sie nicht. Pierre und Roger verschlangen Auda mit ihren Augen, Pierre hätte am liebsten, ohne Rücksicht darauf, wie sie dies in der Überraschung erschrecken könnte, ihr alles erklärt und sie in den Arm genommen. Roger hingegen konnte sich noch nicht vorstellen, dass die Frau neben der Schlossherrin seine Mutter war.

Robert wollte sie behutsam auf die Begegnung vorbereiten und erklärte, die Gäste seien von P. gekommen, um ihn, Robert zu besuchen. Die beiden seien dabei, die Burg wiederaufzubauen. Als Auda dies hörte, sah man, wie sie erstarrte und ihr Tränen in die Augen kamen. Jetzt betrachtete sie Pierre genauer, plötzlich stand sie auf, lief zu ihm und sah ihm in die Augen. Sie fiel ihm um den Hals, beide konnten vor atemlosen Schluchzen nicht sprechen. Roger sah dies, noch hatte ihn die emotionale Verbindung nicht erfasst. Pierre wollte sie nicht loslassen.

Auda setzte sich wieder ihm gegenüber, sie konnte ihre Augen nicht von Pierre abwenden und schaute erst jetzt zu Roger, der verstört dasaß. Pierre, der ihren Blick verfolgte, wollte nicht sofort erklären, wer er sei. Ihr zugewandt sagte er, er kenne diesen jungen Mann, der aus einem Kloster bei F. komme, erst kurze Zeit und habe zufällig dessen Schicksal erfahren. „Als ich bei meinem Cousin in F. war, sagte er mir, im Kloster befände sich ein junger Mönch, der mir so ähnlich sei, dass er beinahe annahm, ich wäre es selbst."

Roger sah seine Mutter an. Blitzartig tat sich die Vergangenheit vor ihr auf. Der Abschied von Pierre, ihr Schrecken über die Schwangerschaft, die Geburt von Roger bei der Schwester ihres Vaters, um alles zu verheimlichen, die Trennung von ihrem Kind, das man einem

Nonnenkloster in Obhut gab, dessen Ort sie nicht kannte, und wie sie später unermüdlich danach suchte.

Dann der Überfall auf die Burg. Ihre Mutter und sie waren im Dorf und kamen so mit dem Leben davon. Als alles vorbei war, konnten sie in ihrem zerstörten Haus noch verstecktes Geld finden. Damit reisten sie zu ihrem Bruder nach P.

Dessen Tochter wurde mit dem Herrn von C. verheiratet, dem jetzigen Burgherrn Robert. Ihre Mutter starb in P. und Auda ging mit der Verheirateten auf die Burg Q.

All ihren Bemühungen zum Trotz hatte sie ihren Sohn nicht gefunden, er musste zwanzig Jahre alt und schon ein junger Mann sein, sie hatte sich ihn immer wieder vorgestellt, aber sie kannte nicht einmal seinen Namen. Nun saß ihr gegenüber ein junger Mann, sollte er es sein. Er war Pierre als jungem als Tempelritter kurz vor der Abreise wirklich sehr ähnlich, schien ihr aber fremd.

Pierre bemerkte, wie Auda in sich gekehrt dasaß, ging zu ihr und sagte: „Ich weiß, was in dir vorgeht, es ist wirklich unser Sohn, er heißt Roger."

Roger kannte nicht im Einzelnen das Schicksal seiner Mutter, auch unter dem Begriff Mutter konnte er sich nichts vorstellen. In ihr sah er nur jene Frau, die er physisch erlebt hatte. Sie hatte die gleiche Gestalt, ein ähnliches Gesicht und dieselben Bewegungen. Alles war ihm so bekannt, das Weibliche zog ihn an.

Auch seine Mutter sah im Augenblick nicht den Sohn, auch er erschien ihr fremd. Zögernd ging sie zu ihm, der aufstand, sie umarmten sich zaghaft. Pierre kam hinzu und umarmte beide, sodass sie ihre Körper spürten. Roger merkte ihre weichen Formen und drückte sie fest an sich. Auda fühlte zum ersten Mal wieder eine männliche Umarmung und schmiegte sich an ihn. Zwei Liebende, die sich erst langsam losließen.

Robert, der Burgherr, und seine Frau sahen dies wohl mit entsprechendem Mitgefühl. Es wurde aufgetragen und beim Essen konnte sich ein jeder über das Geschehen Gedanken machen. In sich gekehrt, zuweilen einen Blick zum anderen werfend, saßen die drei da.

Der Abschied fiel den beiden Frauen schwer. Die beiden Männer besprachen noch, wie die Kriegslage sich entwickelte, und sicherten sich gegenseitige Unterstützung zu. Eine Nachrichtenstafette sollte zusammen mit dem Grafen von F. eingerichtet werden.

Pierre musste noch eine Streitmacht aufstellen, Herr von C. hatte dies bereits getan und verfügte über fünfzig Soldaten.

Auch machte sich Pierre Gedanken, wie Auda reisen sollte, es stellte sich heraus, dass sie gut reiten konnte, sie war mit ihrer Freundin zu Jagden und Besuchen oft geritten. Sie gelangten ohne Hindernisse nach P.

Alte Leute aus dem Dorf kannten sie noch und sie wurde herzlich begrüßt, was sie mit Freude bemerkte. Es machte ihr die Eingewöhnung leichter.

Als Tempelritter hatte er niemals eine Familie erlebt, nun musste er sich daran gewöhnen, mit Frau und Sohn zusammenzuleben. Auch Roger kannte keine Familie. Wie sollte Pierre sich seiner früheren

Geliebten nähern, wie Roger sich eine Familie vorstellen. Auda jedoch hatte die Vergangenheit in ihrem Innern ausgelöscht und mit der Liebe, die sie ausstrahlte, entstand die Familie.

Wenn auch der Bau der Befestigungen noch nicht vollendet war, erinnerte man sich an die Ereignisse und Roger dachte an die Gräfin und ihre Tochter.

Eines Tages kam David von einem Ritt nicht zurück. Pierre befürchtete, er sei vielleicht bei seinem Ausflug verunglückt. Doch auch ein Misstrauen keimte in ihm auf, er habe sich mit einem Teil der Schätze davongemacht. Sie waren jedoch wohl versteckt und nur er und Roger kannten den gut gesicherten Zugang. Tatsächlich fehlte nichts.

Als sie sich soeben auf den Weg nach F. machen wollten, kam ein Bote des Grafen, dass versucht worden wäre, das Versteck ihrer gemeinsamen Schätze in der Burg F. zu plündern.

Nun ritten sie zusammen mit dem Boten nach F.

Ihnen wurde ein herzlicher Empfang bereitet. Beim Anblick der Gräfin und ihrer Tochter schlug Rogers Herz so sehr, dass es ihm nur mit Mühe gelang, Haltung zu bewahren. Sein nahezu dreijähriger Sohn reichte ihm, von der Mutter aufgefordert, die Hand. Es gelang ihm dann, sich zu fassen. Constancia war zu einer jungen Dame geworden.

Dem Grafen war es unerklärlich, wie jemand von dem Versteck wissen konnte. Nur Pierre, Roger, der Bruder, der mit nach P. mitgegangen war und er hätten die Schatzkammer von der Burg her betreten und davon gewusst. Einem Zufall sei es zu verdanken, dass der Raub vereitelt werden konnte.

Pierre sagte, der Laienbruder sei vor einiger Zeit aus P. verschwunden, er sei der Einzige, der das Versteck kannte und wie es geöffnet werden konnte. Vielleicht war er es also, der versuchte, den Schatz zu stehlen.

Der Eingang von außen im Felsen aber war niemanden bekannt, nur der Graf, die Gräfin und Constancia kannten ihn. Aber gerade dort war jemand entdeckt worden, der, nach Meinung des Grafen, wohl die Absicht hatte einzudringen.

Was war geschehen. Gabriel, der Abt, und Gregor, waren auf einem Weg unterhalb der Burg, Gabriel, um zu zeichnen, Gregor, um Quarz zu holen, damit er die Linsenschleiferei Rogers fortsetzen konnte. Auf einmal rollten von oben Felsbrocken aus dem Gebüsch über ihren Weg. Sie hörten Stimmen und meinten, an der Burg werde gebaut. Neugierig, was dort geschah, kletterten sie mühsam nach oben. Keuchend kamen sie weiter, auf einmal bemerkten sie, wie zwei Männer davonliefen. Als sie die Stelle erreichten, waren dort Felsbrocken weggeräumt worden. Sie konnten sich keinen Reim darauf machen, was dies bedeuten sollte, und berichteten dem Grafen von ihrer Entdeckung. Der sah sich die Stelle an. Sie lag unterhalb des Öffnung zum unterirdischen Gang zur Burg. Der Eingang war nach wie vor völlig verborgen und nicht erkennbar. Den beiden wollte er natürlich nichts von dem Geheimgang verraten und sagte, er könne sich nicht vorstellen, warum dort jemand gewesen sei. Die beiden machten sich weiter keine Gedanken, nur Gregor erinnerte sich, Roger früher einmal in dieser Gegend gesehen zu haben. Er war neugierig und sah sich den Ort nochmals an. Unmittelbar darüber erhob sich eine hohe Felswand, über der sich unmittelbar die ebenfalls hohen Mauern der Burg anschlossen. Es konnte niemand auf diesem Weg die Burg erreichen.

Roger kannte die Möglichkeit, durch den unterirdischen Gang herauszukommen. Ein Fels verbarg den Ausgang und war nur von innen mithilfe eines Mechanismus zu bewegen. Ein weiter unten stehender Baum ragte bis zum Ausgang hinauf und an seinen Ästen konnte man nach unten gelangen.

Der Graf war beunruhigt, denn der Gang war vom Inneren der Burg leicht erreichbar. Wer, außer den erwähnten Personen, hatte sonst noch Kenntnis, dorthin zu gelangen.

Als Roger mit beiden Familien im Klosterhof ankam, begrüßten Gabriel, Gregor und Bernardus sie herzlich, sie bemerkten, wie glücklich er war. Roger erzählte ihnen die Geschichte, wie er seine Mutter wiedergefunden hatte.

Die große Gesellschaft saß zusammen im Refektorium. Wieder sah der Graf Bruder Gregor an, der ohne Kapuze am Tisch saß, sprach ihn aber nicht an. Doch auf eine Bemerkung zu seiner Frau hin blickte sie Gregor an.

Gregor sagte, er glaube, damals, als die Männer aus dem Wald unter der Burg geflüchtet waren, den einen erkannt zu haben. Jetzt, da er Pierre de P. wiedersah, fiel es ihm ein. Einer der beiden Geflüchteten habe ausgesehen wie der Laienbruder, der damals Zelt, Pferde und Wagen bewachte.

Damit wurden der Graf und Pierre in ihrem Verdacht bestärkt. Da die Diebe vielleicht weitere Versuche planten, wurden Gabriel und Gregor in das Geschehen eingeweiht, denn sie konnten am besten herausfinden, ob der Laienbruder sich noch in der Gegend aufhielt.

Die beiden Familien kamen sich durch gegenseitiges Erzählen so nahe, dass ein jeder sich mit dem Schicksal des anderen beschäftigte. Es entwickelten sich dadurch auch Wünsche, die natürlich ein jeder für sich behielt.

So kam es, dass der Graf sich in Auda verliebte. Als er sie einmal unbekleidet sah, wollte er sie unbedingt besitzen. Zufällig sah Auda, wie die Gräfin und Pierre sich umarmten, und überlegte, sich aus Rache dem Grafen hinzugeben. Roger und Constancia fanden sich schon nach kurzer Zeit, denn für sie gab es keinen Hinderungsgrund.

Die Eltern der beiden unterhielten sich natürlich über die Verbindung von Constancia und Roger und sahen dies auch gern. So verabredeten sie sich, die beiden miteinander zu verheiraten. Sie beschlossen, die Hochzeit solle in drei Monaten gefeiert werden, wenn alles in P. eingerichtet wäre.

Der gescheiterte Einbruchsversuch war beinahe vergessen, als Gregor erschien und sagte, er habe wohl den Bruder im nächsten Dorf gesehen.

Roger und Pierre machten sich auf den Weg dorthin und fragten die Bewohner nach jemandem, der erst vor kurzer Zeit hier angekommen sei, und erfuhren, ein Mönch auf der Durchreise sei hier. Das musste er wohl sein. Wo er wohne? Sie zeigten ihnen das Haus. Er sei seit einer Woche hier, sagte die Frau, doch als sie sein Zimmer betraten, war der Vogel ausgeflogen. Nachdem sie nochmals bei ihr vorgesprochen hatten, sagte ihnen die Gastgeberin, er sei nicht wieder erschienen. Sie suchten weiter vergeblich nach David, er schien nicht mehr in der Gegend zu sein.

Die drei ritten nach vierzehn Tagen wieder zurück nach P. und bereiteten die Hochzeit vor. In den Satteltaschen nahmen sie einen Teil des Goldes und der Edelsteine mit, die Pierre in F. versteckt hatte.

Die Räumlichkeiten für Constancia und Roger waren noch nicht fertig, als erneut ein Bote von F. kam. Er berichtete, dass es dieses Mal den Dieben beinahe gelungen sei, bis in die Schatzkammer zu gelangen, und wie es vereitelt wurde.

Constancia hatte sich, wie schon von der Mutter vermutet, in den Knappen verliebt, der dies natürlich merkte. Beiden gelang es bisher nicht, sich unbemerkt zutreffen, als plötzlich, zur Enttäuschung von Constancia, dieser offensichtlich das Interesse an ihr verloren zu haben schien, was ihre Begierde noch steigerte. Sie verfolgte ihn oft, um doch einmal eine günstige Gelegenheit zu finden, um ihre Sehnsucht zu stillen.

Eines Nachts sah sie ihn in die Kemenate kommen und zur Turmtür gehen. Oben hätte es eine gute Gelegenheit gegeben, sich zu lieben. Nur mit einem Hemd bekleidet, folgte sie ihm. Er jedoch stieg nicht die Treppe hinauf, sondern nach unten in den Tunnel und war schnell verschwunden.

Sie erinnerte sich an den versuchten Diebstahl und plötzlich wurde ihr bewusst, dass die Schatzkammer von dort zu erreichen war.

Sie weckte ihren Vater und sagte ihm, was sie gesehen hatte. Er überlegte, wie jemand, der die Tür zur Kammer gefunden hätte, den Raub forttransportieren könne, durch die Burg wäre es schlecht möglich, also müsste er auch den Ausgang kennen. Der Graf rief seine Soldaten, die zur Bewachung der Burg bereitstanden und ging mit zweien in den Tunnel, mehrere andere postierte er in dem Bereich unterhalb der Burg. Um zu sehen, ob die Tür der Schatzkammer geöffnet wurde, wartete er eine Weile. Auch musste er erst sicher sein, dass der Ort unter dem Ausgang zum Wald besetzt war.

Sie fanden die Tür offen und als sie den Ausgang des Geheimtunnels erreichten, erkannten sie im Fackellicht, wie der junge Knappe versuchte, den Felsen, der die Tür versperrte, mit dem Mechanismus beiseite zu schieben. Vor ihm lagen einige Ledersäcke. Der Junge wurde festgenommen und der Graf schob das Felsstück mit Hilfe des Mechanismus beiseite. In den Ästen des Baumes darunter sah er den Laienbruder in Erwartung der Beute. Als dieser den Grafen anstatt des Knappen erblickte, stürzte er rücklings in die Tiefe. Mit gebrochenem Bein nahmen ihn unten die Soldaten in Empfang.

So war zum Glück der Raubzug der beiden missglückt. Pierre ritt mit Roger nach F. Es wurde beraten, was mit den beiden Dieben geschehen sollte, bestrafen musste man sie. Der Laienbruder war der langjährige Kampfgefährte von Pierre gewesen und hatte ihm oftmals geholfen, ihrer beider Leben zu retten. Der Knappe war ebenfalls mit dem Grafen in den Krieg gezogen und hatte ihm in gefährlichen Situationen beigestanden. Üblicherweise wären sie mit dem Tode bestraft worden. Pierre und der Graf entschlossen sich, die beiden laufen zu lassen mit der Auflage, sich außer Landes zu begeben.

Beide hatten damit gerechnet, aufgeknüpft zu werden, sie waren dankbar, so davongekommen zu sein.

Den Rest seiner Schätze konnte Pierre mitnehmen, da er nun ein sicheres Versteck in seiner eigenen Burg hatte. Es folgte eine ruhige Zeit, in der alles seinen Gang nahm. Die Bewohner des Dorfes waren zum Teil Katharer, eine Kapelle war weit entfernt, dorthin kam ein Priester, um zu predigen und die Beichte abzunehmen. Das Dorf und die Burg besuchte er nicht.

Mit großem Gepränge wurde die Hochzeit von Constancia und Roger gefeiert. Graf, Gräfin und Constancia kamen mit einem Tross nach P., wo alle Feierlichkeiten vorbereitet waren. Vor allen Anwesenden reichten sich die beiden die Hand. Ein Festessen und ein Feuerwerk beendeten die Zeremonie. Das Brautpaar zog sich in seine Gemächer zurück.

Constancia hatte Roger heimlich gesagt, es sähe so aus, als ob die Gräfin und Auda schwanger seien. Sie hatte richtig gesehen. Auda bekam wirklich eine Tochter, es wurde ein großes Fest. Zur gleichen Zeit kam die Nachricht, dass die Gräfin ebenfalls eine Tochter zur Welt gebracht hatte. Constancia und Roger freuten sich über ihre Geschwister. Sie erzählte ihm dann, was sie damals beim Besuch in F. beobachtet hatte.

Bedrohlich war, dass die feindlichen Truppen einige Städte eingenommen und dabei sowohl Katharer als auch andere Bewohner getötet hatten. Der Graf mobilisierte weitere Gefährten und Pierre stellte ein kleines Heer auf. Roger ritt nach Q., um dort die Lage zu erkunden und weitere Informationen zu bekommen, hier bestand keine Gefahr. Er ritt weiter nach F. Die Gräfin zeigte ihm stolz das kleine Mädchen. Sein Sohn war so in sein Spiel vertieft, dass er ihn nicht zu beachten schien. Roger nahm ihn auf den Arm und betrachtete sein Gesicht, er sah dann, wie die Gräfin lächelte. Der Graf war nicht da. In Rogers Augen war die Gräfin immer noch die Frau, die liebte. Er wartete auf ein Zeichen von ihr, es wieder zu tun.

Eine Stadt nach der anderen wurde unter der Führung päpstlicher Legaten von Soldaten, zum Teil aus Söldnern bestehend, eingenommen, die Einwohner, ob Katharer oder nicht, nach dem Motto, Gott werde sie schon herausfinden, gemordet und vergewaltigt.

Pierre wollte zu einer Besprechung nach F. Roger, Constancia und Auda begleiteten ihn. Inzwischen waren Truppen von M. in der Gegend, um in den Gemeinden Ketzer aufzuspüren. In Q. machten die vier Rast in einem Wirtshaus. Sie saßen an einem Tisch, Schwerter, Bogen und Spieße neben dem Eingang abgelegt. Ihre Pferde standen draußen angebunden.

Plötzlich wurde die hintere Tür aufgestoßen und sechs Bewaffnete drangen ein, zerrten die sich wehrenden Frauen vom Tisch fort, packten sie und schleppten sie durch eine Tür nach draußen, andere stürzten sich auf Pierre und Roger. Geistesgegenwärtig kippten sie den schweren Tisch auf die Angreifer, sodass Pierre Zeit fand, die neben ihm an der Wand gestellten Spieße zu erreichen, mit denen sie sich die Langschwerter der Soldaten vom Leibe halten konnten.

Sie wussten, sie konnten nicht mehr lange die Stellung halten. Die Angreifer hielten den Eingang besetzt. Vergeblich versuchten sie, an ihre anderen Waffen zu gelangen. Die Soldaten wichen immer wieder vor den Spießen zurück, griffen aber nicht an. Herein kam ein Legat und sagte, sie hätten nun die beiden Ketzerinnen und würden sie dem Tribunal vorführen.

Sie hätten bei der Ankunft beobachtet, dass die Frauen Katharerkleidung trugen. Damit sei ihr Auftrag erfüllt. Sie sollten ihre Spieße ablegen, ihre Waffen nähmen sie ihnen ab. Ihre Pferde würden sie mitnehmen.

Pierre und Roger überlegten, wie sie ihre Frauen dennoch befreien könnten, und fragten den Legaten, wo ihre Frauen seien. Soldaten bewachten sie draußen. Ob sie sie sich von ihnen verabschieden könnten.

Nach einigem Zögern stimmte der Legat zu. Er ließ ihnen die Arme hinter dem Rücken fesseln und sie wurden eskortiert hinausgeführt. Erschrocken sahen sie einige Soldaten im Kreis um ihre zwei am Boden liegenden Frauen stehen.

Pierre konnte Roger gerade noch zurückhalten, sich auf sie zu stürzen. Sie wären nicht lebend davongekommen. Die Soldaten zerrten Pierre und Roger wieder ins Haus und fesselten sie an die Stühle.

Die Truppe zog ab. Es kam der Wirt, der dem Kampf nur untätig zusehen konnte, und befreite Pierre und Roger.

Ohne Waffen und Pferde konnten sie eine Verfolgung nicht aufnehmen, bekamen aber Auskünfte vom Wirt, dass man gewöhnlich die Ketzer zu den Verhören nach T. brachte. Eine Hoffnung bestand also, ihre Frauen dort zu finden.

Sie wollten sich Pferde besorgen, um damit zum Grafen nach F. zu reiten, als vier Männer mit ihren Pferden kamen. Sie hatten den Überfall beobachtet und die Tiere unbemerkt von den Häschern in ihre Ställe gebracht.

Selbst die Sättel mit den darin verborgenen Goldmünzen für die Reise waren da. Pierre und Roger waren voller Dankbarkeit und wollten die Männer reichlich belohnen. Doch sie lehnten ab. Schließlich kam man überein, das Geld im gesamten Dorf zu verteilen.

Graf und Gräfin in F. waren nicht wenig erstaunt Pierre und Roger in abgerissener Kleidung und ohne Waffen zu sehen. Die beiden berichteten, wie sich alles zugetragen hatte: „Die Häscher hatten bereits in den Häusern des Dorfes nach Ketzern gesucht, aber keine gefunden. Ein Bote aus F. hatte die Bewohner, unter denen eine Anzahl der Frauen Katharerinnen waren, zuvor gewarnt. Die Frauen zogen bäurische Kleider an und sie wurden auch von den anderen im Dorf nicht verraten. Der Priester als Anführer achtete darauf, dass die Soldaten keinem etwas zu Leide taten. Sie waren gerade abgezogen, als wir ankamen, doch sie mussten uns beobachtet haben. Jedenfalls kamen sie zurück. Der Wirt hatte wohl bemerkt, dass Auda und Constancia wie Katharerinnen gekleidet waren, und hatte Männern vom Dorf, die vor seiner Schänke standen, gesagt, sie sollten aufpassen, ob die Häscher nicht wieder zurückkämen. Doch ehe er uns gesagt hatte, dass sie hier gewesen waren, hatte man ihn draußen gefasst."

Schnell war eine Mannschaft zusammengestellt. Sie setzten sich in Marsch nach T. Roger schlug vor, Gabriel im Kloster zu besuchen und Erkundigungen über den Erzbischof in T. einzuziehen. Als Abt kannte Gabriel den Herrn gut und meinte, es sei, wenn die beiden Frauen dort wären, wahrscheinlich möglich, den Prozesszeitpunkt hinauszuzögern und die beiden zu befreien.

Gabriel wusste, dass ein Inquisitor dort die Ketzer verhörte.

Mit dieser guten Nachricht ritten sie zum Palais des Bischofs. Wie konnten sie aber erfahren, ob ihre Frauen dort waren und wo sie gefangen gehalten wurden.

Roger ließ sich eine Tonsur schneiden, zog ein Mönchsgewand an und gab sich als Abgesandter seines ehemaligen Klosters aus, indem er einen Brief von Gabriel dem Erzbischof vorlegte. Als er mit ihm zusammentraf, war auch der Inquisitor mit drei Priestern zugegen. Er wurde ihnen vorgestellt. Der Inquisitor fragte ihn, er sei wohl gekommen, um die Verhöre der Ketzern zu verfolgen, was Roger bejahte. Wenn er wolle, könne er jetzt dabei sein.

Eigentlich wollte er aber herausbekommen, wo die Ketzer gefangen gehalten wurden, aber vielleicht konnte er einen von ihnen nachher in ihr Verließ begleiten.

Der Prozess begann, die Zeugen wurden verhört, dann kam eine Frau herein in dunklem langem Kleid, ihr wurde vorgetragen, was die Zeugen ausgesagt hatten, Roger kannte die Vorwürfe. Der Inquisitor fragte, ob sie es ableugnete. Nein. Sie solle sich bis morgen überlegen, ob sie dem abschwöre.

Roger sagte, er wolle sie begleiten, um sie doch noch zu überzeugen, das ihr Vorgeworfene zu bereuen. Abgeführt von zwei Männern, gingen sie im Palais Stufen hinab in den Keller und durch einen langen Gang. Am Ende öffnete ein Wächter die eisenbeschlagene Tür mit einem Schlüssel. Roger wurde es nicht gestattet, mit in den gewölbten Raum zu gehen, auf dem mit Stroh bedeckten Boden saßen vielleicht fünf Frauen, sie sahen auf die hereinkommende und Roger meinte, in dem durch ein vergittertes Fenster fallenden Licht Constantia zu sehen, sie blickte zwar zu ihm und er winkte unauffällig, sie antwortete aber nicht.

Am nächsten Tag verabschiedete er sich, der Inquisitor mahnte ihn, in seinem Kloster mehr nachzuforschen, es würden von dort kaum Ketzer gemeldet. Roger hatte versucht, das Fenster zum Verließ von außen zu finden, und meinte, es gefunden zu haben. Es war am Ende eines kurzen Schachtes im Garten gelegen. Seiner Schätzung nach war es aber zu klein, um dadurch aussteigen zu können.

Es wurde Kriegsrat gehalten. Durch das Palais hinzugelangen, war nahezu unmöglich. Die ungeheuer große Anzahl von Soldaten wäre mit ihrer Gruppe nicht zu schlagen, man müsste ein Heer aufstellen, um dies zu erreichen. Roger sagte, er wolle nachsehen, ob die Fensteröffnung doch groß genug sei, um die Frauen herauszuholen.

Über den Zaun aus hohem Buschwerk war es leicht, in den Garten zu gelangen. Er kam zurück und meinte, Frauen könnten sicher durch das Fenster, wenn man den Gitterrahmen mit entfernte.

Wider Erwarten war es einfacher als angenommen, denn die in das Mauerwerk eingelassenen Armierungen des Rahmens waren von außen schnell freigelegt, man hatte wohl nur angenommen, dass ein Gefangener von innen ans Werk gehen werde.

Die Gefangenen hatten sicher das Hämmern gehört, aber konnten, weil das Fenster sich weit oben befand, nichts sehen.

Als Roger zum ersten Mal seinen Kopf hineinsteckte, glaubte Auda, den Kopf eines Engels mit Tonsur als eine himmlische Erscheinung wahrzunehmen, erst als sie seine Stimme hörte, erkannte sie ihn und sagte Constancia und den anderen Frauen, dass sie wohl bald befreit würden.

Alles andere war einfach. Da das Fenster so hoch angebracht war, dass die Frauen es nicht erreichen konnten, zwängte sich Roger durch die Öffnung in den Kerker, so kam mit seiner Hilfe eine nach der anderen heraus.

Alle erreichten unbemerkt die Herberge vor der Stadt. Erst hier fielen sie sich in die Arme. Ohne Zögern erfolgte die Rückreise, denn man ahnte, dass es einen erheblichen Aufruhr geben und die Umgebung durchkämmt werden würde. Roger stellte sich das wütende Gesicht des Inquisitors vor.

Auf ihrem Weg nach F. lagen auch die Wohnorte der drei anderen Frauen. Nur die eine, deren Prozess Roger mitverfolgt, kannte nun den Verräter und sagte, ihre Familie werde ihn schon zur Rechenschaft ziehen.

Alle waren glücklich und die Gräfin bereitete ein kleines Fest. Pierre und Roger waren vorher nach F. gereist, um Pläne zu entwerfen, wie man vom Feind eingenommene Städte, wieder zurückerobern könnte. Das wollte man nun beraten. Roger meinte, er habe den Legaten, der sie im Gasthof festgenommen hatte, in T. erkannt und wollte sich unbedingt an ihm rächen. Es wäre ein Einsatz mit zu geringem Ergebnis, warnte der Graf.

Pierre und Roger berichteten, wie es ihnen ergangen war, sie waren nur mit dem Leben davongekommen, weil ihre Frauen als Katharerinnen verfolgt und gefangengenommen wurden. Auda und Constancia hatten die Soldaten herausgeschleppt, sie dort gepackt und sie wanderten von einer groben Umarmung zur nächsten. Bei den Berührungen spürten sie deutlich, wohin dies hinführen sollte. Sie wurden zu Boden gedrückt, doch als die Burschen ihnen ihre Kleider hochstreifen wollten, kam der Legat und rettete sie vor weiterem Unheil.

Zwar waren Pierre, Roger Auda und Constancia wohlbehalten und froh zur Burg in P. zurückgekehrt, aber sie hatten erfahren, dass es immer gefährlicher wurde, als Katharer zu leben.

Ein großes Heer wurde aufgestellt, unter der Führung der Adligen des Languedoc wurden alle Gebiete zurückerobert. Pierre mit seiner Erfahrung hatte einen großen Anteil daran, Roger gelang es mit seiner Truppe, den Anführer des Kreuzzuges zu töten. Ihre Burgen, auf denen die Damen so lange Zeit allein waren, waren nicht bedroht.

In der nachfolgenden Zeit eroberte der König von Frankreich alle Gebiete zurück. Man musste endgültig den Widerstand aufgeben.

Die letzten Rückzugorte der Katharer waren die drei Burgen M., P. und Q. Hart umkämpft, wurde eine Burg nach der anderen eingenommen und alle Katharer getötet. Nachdem M. gefallen war, erfolgte ein Angriff auf P.

Pierre hielt mit seinen Soldaten die Burg einige Zeit. Mit knapper Not, von Pierre und Auda befohlen, flüchteten Roger und Constancia gegen ihren Willen nach Q.

Den Schatz von Pierre, es war der größte Anteil des Schatzes der Templer, konnten sie auf einem Wagen mitnehmen. Ehe aber auch Q. eingenommen wurde, flüchteten die beiden unter dem Schutz aragonischer Soldaten nach Portugal.

Ich erwachte in einem weißen Bett, als sich ein grauhaariger Herr über mich beugte. Sein „er ist wach“ war das erste, was ich hörte.

Man hatte mich aus meiner Maschine gehoben, offensichtlich war ich mit meinem Kopf auf das Panel gefallen, weil ich, bevor sie zum Stillstand kam, die Gurte gelöst hatte. Eine Schwellung an der Stirn, mit Blut unterlaufen, erklärte die Ursache meines Bewusstseinsverlusts.

Leider war mein Erlebnis im Land der Katharer zu Ende, als ich den Herrn mit grauem Haar und weißem Kittel sah.

Ich konnte das Schicksal des Grafen, der Gräfin, von Roger, Constancia, Pierre und Auda nicht mehr verfolgen. Wie es ihnen ergangen ist, habe ich einfach erfunden.

Der Mooney war, von einigen durch das Buschwerk verursachten Kratzern an *cowling* und Tragflächen abgesehen, nichts geschehen. Ein Hubschrauber liftete die Maschine und brachte sie nach P.

Nach einer Woche war ich wieder in E.

Bücher des Autors

Egon Krause, Eine Demokratie im Zeitalter der Erkenntnis

Weitere unter dem Pseudonym R. A. Orion:

R. A. Orion, Magische Verbindung

R. A. Orion, Enthüllung eines Zeitreisenden

R. A.Orion, Unartige Notizen